小学館文庫

あやかし姫の婚礼

宮野美嘉

小学館

目次

序章 ―― 005

第一章 幸徳井桜子、花嫁衣装仕立てむとて柳生友景怒らする語《こと》 ―― 017

第二章 二人の陰陽師、鼠の社に詣で痴話喧嘩せし語 ―― 070

第三章 幸徳井桜子、行き倒れし旅の法師を拾ひたる語 ―― 101

第四章 柳生友景、殺《あや》めんと思ひたる者に憐れまるる語 ―― 137

第五章 二人の乙女、旅路にて恋見つけし語 ―― 181

終章 ―― 249

序章

慶長四年 己亥《つちのとい》文月《ふづき》――京の都には鬼のような花嫁がいた。

夜の闇に沈んだ京の町を、ひとりの少女が歩いていた。

名は幸徳井《こうとくい》桜子《さくらこ》。数えで十五の乙女は、白い小袿《こうちぎ》に緋袴《ひばかま》という巫女《みこ》装束でてくてくと……いや、ひらりひらりと屋根から屋根へ飛び移りながら進んでいたのだ。

整った顔立ちをしているが、愛らしいというにはいささか目つきが鋭すぎて、きびきびとした動作や表情にも妙な威圧感がある。

冷たさを増した秋の夜風が吹き抜けて、桜子の一つに括《くく》った髪をなびかせた時――

「待て！　そこな小娘！」

低い声が夜空に響き、桜子の足を止めさせた。

振り返ると、一羽の大鷲《おおわし》がばっさばっさと翼を羽ばたかせて空を飛んでいる。

「貴様が悪名高い幸徳井の跡継ぎか！　その血肉を喰《く》らって我が名を天下に轟《とどろ》かせてくれようぞ！　ふはははははは！」

哄笑《こうしょう》を上げ、大鷲は羽をたたむと矢のように突っ込んできた。

桜子は高速で飛来するその大鷲を眺め、ゆらりと手を上げ……ぱあん！　と大きな音をさせて思い切り大鷲の嘴《くちばし》を引っぱたいた。

「ぎゃあ！」

人の体軀《たいく》より大きな鷲が、あっけなく吹っ飛んで地面に落ちる。

桜子は屋根の上から大鷲を見下ろした。その双眸《そうぼう》が暗闇のなか不吉に光った。

「お前……私が何者か知っているようだね。誰の差し金でここへ来た？」

大鷲は地面に落ちたまま殴られた頰を片方の翼で押さえてぶるぶると震えている。

「私が陰陽師《おんみようじ》だと、知っているんだろう？」

桜子は更に問いただした。

この国には、陰陽師というものが存在する。

朝廷に仕え、暦を作り、吉凶を占い、怪異を退ける術者だ。

桜子は、名門陰陽師の家系である安倍《あべ》家と加茂《かも》家の流れをくむ陰陽師一族、幸徳井家の一人娘なのである。

「さあ……答えろ」

獣のごとき鋭い瞳で更に迫る。大鷲はあわあわと狼狽《ろうばい》し、鳥のくせに地を這《は》って逃げ出そうとする。

桜子はその行く手を阻むように飛び降り、地面をダンと踏み鳴らした。途端、すさまじい衝撃で地鳴りが起き、大鷲は飛び上がる。

桜子は、生まれた時から不思議な剛力と神通力を持っていた。

触れれば物を壊し、遊べば人を傷つける。だから何にも触れない。何にも近づかない。ただ、その威をもって怪異を調伏するのみだ。

夜を切り刻むような風が吹く。無情な闇が辺りを支配する。

異様な威圧感を受け、大鷲はとうとう正気を失った。嘴を大きく開き、翼を広げて桜子に襲いかかってくる。

「止まれ！　死にたいのか！」

桜子は手印を結び、呪文を唱えようとして――しかしその寸前、近くの屋根から跳躍した人影が大鷲の背中に飛び乗った。

一人の若者である。彼は大鷲の首の辺りを刀の柄《つか》で打った。すると大鷲は途端にふらつき、羽ばたきを止めて屋根の上に落っこちる。

若者は背に乗ったまま大鷲の顔を覗《のぞ》き込み、まばたきもせずその眼《め》を見据えた。

「悪い子だ。こんな風に人里に出てきちゃいけない。こんなことを繰り返していたら、いつか恐ろしい陰陽師に調伏されてしまうぞ。お前にも親兄弟や友がいるだろう？彼らと平穏に暮らしたいなら、おとなしく山へ帰るんだ。分かるな？」

若者は穏やかに……心を込めて言い含める。真摯なその眼差《まなざ》しを受けて、大鷲はしょんぼりと肩を落とし、何度も頷《うなず》く。

「いい子だ。さあ、家に帰れ」

若者が背中から降りると、大鷲は慌てて羽ばたき、一目散に逃げて行った。

「景《かげ》！　あんた来てたの？」

桜子は大声で若者を呼んだ。

若者の名は柳生友景《やぎゅうともかげ》。歳《とし》は数えで十七、桜子の二つ上だ。大和柳生庄《やまとやぎゅうのしょう》を領地とする柳生一族の剣士で、幸徳井家の当主から陰陽術を授けられた陰陽師でもある。そしてその見てくれは……一言で表すのならば、地味な男だった。

高くも低くもない背丈に、痩せても太ってもいない肉。顔立ちは美しくも醜くもなく、特徴を述べよと言われたら誰もが困るであろう。表情には覇気がなく、着ているものすら可もなく不可もないただの小袖と袴で、目立つところは一つもない。

もうびっくりするほど、その若者は地味で何の変哲もない若者なのだった。

「いや、お前がついて来いと言ったんだろ」

若者――友景は、やや呆《あき》れたように言い返してくる。

「ごろごろ寝てたから起きないと思ったわ」

「まあね……陰陽師の仕事は面倒だから嫌いなんだ」

「今のは陰陽術じゃなくて剣術でしょ」

「剣術も疲れるから嫌いなんだ」

友景は平然と言う。剣術が嫌いで陰陽術が嫌いで面倒なことが嫌いでいつもごろごろ寝てばかり……これが彼だ。桜子は思わずため息を吐《つ》く。

「呆れた。じゃあ何が好きなのよ」

「お前が好きだよ」

真顔で即答され、桜子は一瞬で真っ赤になり、大口を開けて固まった。

「……恥ずかしいこと言わないでよ」

「別に恥ずかしくはねえよ」

どうにか口を動かした桜子に、友景は不満げな言葉を返してくる。

桜子が口をへの字にして黙り込んでしまうと、友景はふと気づいたように桜子の手をつかんだ。

「何？」

「桜子、怪我《けが》してるぞ」

友景はつかんだ桜子の手を持ち上げた。嘴を叩《たた》いた時だろう、手のひらにちょっぴり擦り傷がある。

「ああ、こんなの平気……」

言いかけた桜子の言葉を聞きもせず、友景は桜子の手を自分の口元に持ち上げた。そしてその手のひらの傷を、べろっと舐《な》める。

「んぎゃ！」

桜子はびっくりして変な声を上げ、手を引っ込めた。

「な、な、何するのよ!!」

桜子は顔を真っ赤にして怒鳴った。その激昂《げきこう》を目の当たりにした友景は、はたと気が付いたようにしまったという顔をした。

「ああ……悪い。またやっちまった。人間はこれ、やらないんだよな」

「そうよ、私たちは人間なんだから」

桜子は赤い顔を誤魔化すように、怖い顔で友景の鼻先に人差し指を突き付ける。すると友景はその指先に目を寄せて、小さくため息を吐いた。

「人間……ね。まあ、お前が嫌だと言うならしないように気を付ける」

そう言ったところで桜子の腹がぐうううううと盛大に鳴った。

「お腹《なか》すいたわ……」

「人は喰うなよ。まあ、どうしても我慢できないなら喰ってもいいが……」

友景は平然とそんなことを言い出した。

とんでもない物言いに、桜子はキレた。

「馬鹿なこと言うんじゃないわよ！　私が人なんか喰《く》うわけないでしょ！」

何ということを言い出すのだこの男は！　目を吊り上げて激怒したその瞬間、赤い袴の尻の辺りがビリビリと音を立てて裂けた。その裂け目から、金色に輝く巨大なしっぽが七本、ぶわっと現れる。

「おい、馬鹿、桜子。しっぽ仕舞え」

「え？　うわ！　やだ！　袴が破れた！」

桜子は慌てて尻を押さえる。

「落ち着け、落ち着け」

友景は嘆息し、桜子の尻から飛び出す巨大なしっぽをよしよしと撫《な》でた。

「へ、変なとこ触らないで！」

ぞわぞわとくすぐったくなって、桜子はぶんと尾を振り友景を引きはがした。

「しっぽ触るの嫌か？」

友景は何故《なぜ》か妙に悲しそうな顔になった。

「……嫌ではないけど」

桜子が曖昧に答えると、友景はちょっと嬉《うれ》しそうになってまた桜子の尾に触れる。

その時、二人のいる屋根の周りに怪しげな影がぞろぞろと現れた。

「なんとまあ、微笑《ほほえ》ましいことでしょう」

「尾は妖怪にとって特に敏感な場所。よほど気を許した相手でなければ触らせるようなことはありませぬからなあ」

二人のやり取りを見て楽しげに言い合っているのは、京に巣くう小物妖怪たちだった。彼らはにやにやしながらこちらを見ている。

「お前たち！　群がるんじゃないよ。私に近づくと怪我するからね！」

桜子は見られていたことに羞恥で頭を沸騰させながら、怒った顔を作る。しかし、

「やあやあ、桜子お嬢様！　この度はなんとめでたいことでしょう！」

妖怪たちは距離をとりながら囃《はや》し立てた。

「何？　いきなり」

警戒心を込めて問いただすと、妖怪たちは声をそろえて言った。

「ご結婚、おめでとうございます！」

桜子は真っ赤な顔で停止した。

そう……幸徳井家の桜子と、柳生家の友景は家同士が決めた許嫁《いいなずけ》である。決まったのは数か月前のこと、最初はこんな男と結婚なんてありえないと思っていた桜子だが、紆余曲折《うよきょくせつ》を経て収まるところに収まった。

「ずっとお二人を見ておりましたが、本当に仲睦《むつ》まじくていらっしゃいます」

「まあね、俺たちは仲良しなんだ」

友景が即答したので、桜子は何も言えなくなってしまう。

「ほっほっほ、惚気《のろけ》られてしまいましたわ」

「桜子が可愛《かわい》いから惚気たくなるんだ」

「ほほう、友景殿は、桜子お嬢様のどのようなところが可愛いとお思いですかな？　ほれほれ、我らにもお教えくだされ」

妖怪たちはからかうように促してきた。

「ちょ、変なこと聞くんじゃないよ！」

強気な言い方をしてみるが、タコみたいな赤い顔ではまったくもって説得力がない。いつもならすぐに怖がる妖怪たちも、全く怯《ひる》む様子がないどころか、桜子をからかってやろうとすら思っているような空気だ。

ああもう……全員殴り飛ばして記憶を消し去ってやろうかな……そうすればこの恥ずかしいやり取りも闇に葬り去れるのに……

うっかり不穏なことを考えてしまい、拳が自然と持ち上がる。

「桜子の可愛いところか？　そうだな……」

友景は軽く首を捻《ひね》って考える様子を見せた。

うん……いちおう答えを聞いておこうかな。参考までに……

桜子はさりげなく拳を下ろした。

「桜子は……妖怪なところが可愛いと思う」

わずかな思案の末、友景はきっぱりと答えた。

彼に握られたままのしっぽがぴくぴくと動く。

そう……誰の目にも明らかな通り、桜子は人間ではない。

母が妖狐《ようこ》と恋に落ちて産んだ娘――それが桜子だ。この金色に輝く七本の尾が何よりの証《あかし》なのだ。

「桜子が妖怪だから、俺は桜子が好きなんだ。他に理由はない」

大勢の前ではっきり好きと言われ、桜子は恥ずかしさで頭が破裂しそうになった。

真っ赤になって慌てている桜子と、何やら得意げに胸を張っている友景を交互に見やり、妖怪たちは何とも形容しがたい表情を浮かべた。

「そ、そうなのですか……おかしなことを聞いて申し訳ありませぬ」

気まずそうに言い残し、すごすごと退散してゆく。

屋根の上には桜子と友景の二人だけが残された。水を打ったような静寂がたちまち広がり、さっきまでの喧騒《けんそう》は夢か幻だったかと思ってしまう。

「じゃあ、帰るか」

友景は何故か遠くの屋敷の上をじっと見ていたが、いつもの顔で振り向いた。

「そ、そうね。帰りましょう」

「しっぽ仕舞え」

と、最後にもうひと撫でして、友景は名残惜しそうに桜子のしっぽを放した。

桜子は平静を装い、意識を集中させてしっぽを体の中にひっこめた。

そこでぎくりとする。やばい……後ろがとてもすーすーする……がっつり袴に穴が開いている。このままでは、尻を晒《さら》して歩き回る羽目に……

赤い顔で青ざめる器用な桜子を見て、友景はいきなり桜子を抱き上げた。

上手《うま》く袴が折りたたまれて穴が隠れたのか、すーすーした感覚がなくなる。が、今度は桜子の鼓動が無駄に跳ね上がった。

「これに懲りたら不用意にしっぽを出すなよ」

「分かってるわよ、ごめん……」

「分かればいいよ」

そう言うと、友景は桜子を抱きかかえたまま近くの家の屋根に飛び乗って、屋根から屋根へと飛び移り、都を北上してゆく。

筋骨隆々というわけでもないのに、彼の腕の力は強くて少しもしんどそうに見えない。どこからどう見たって平凡な男のくせに……彼はこの世で唯一、桜子が触れても壊れない男だ。神仏が用意してくれた、桜子だけの男だ。

友景は途中で幾度か方向を変えて、建物の数が少なくなってくると屋根から下りた。

「着いたぞ」

友景が立ち止まったのは、簡素な屋敷の前だった。

桜子が生まれ育った幸徳井家の屋敷である。

友景は門を使わず、桜子を抱えたまま屋敷の塀を飛び越え、そこでようやく桜子を下ろした。体温が離れたことに少し寂しさを感じてしまう。

もう少し遠くまで連れて行ってほしい……とか、言ったら……連れて行ってくれるのかしら……言って……みようか……

桜子がドギマギ考えていると、目の前の雨戸が勢いよく開いた。

「帰ったか、二人とも！」

快活な大声で出迎えたのは、桜子の祖父であり幸徳井家の現当主、そして友景にとっては陰陽術の師でもある男、幸徳井友忠《ともただ》だった。

友忠は二人を交互に見やり、力強く頷いた。

「部屋に入れ。話があるんじゃ」

そう言われ、桜子と友景は不可解そうに顔を見合わせた。

第一章　幸徳井桜子、花嫁衣装仕立てむとて柳生友景怒らする語《こと》

「祝言の日取りが決まったぞ」

開口一番おじい様は言った。

目の前に並んで座っていた桜子は、聞き慣れないその言葉にしばし放心する。

祝言って……誰の……？

「え！　私の!?」

桜子はようやく頭が回ると、思わず己の顔を指差して叫んだ。

「当たり前じゃ。他に結婚する者はこの家におらんわい」

おじい様は呆れたように腕組みする。

桜子は変に焦って、鼓動が早まった。

いや、もちろん自分が結婚することは知っていた。覚悟しているし、逃げる気はない。だけど、今までそこに具体的なものが出てきたことはないのだ。だからなんとなく、遠い先のことのような気がしていた。

「えっと……いつ？」

緊張の面持ちで確認する。

「一月後じゃ」

たった一月……それでもう、自分は彼と結婚するのか……

桜子はちらと横を見る。そこには友景が神妙な顔で座っている。嬉しそうとか困ったとか、そういう気持ちは見てとれない。

「そこでじゃ、花嫁衣装を用意せねばならん」

おじい様はこほんと咳払《せきばら》いして言った。

「花嫁衣装？　そ……そんなもの用意するお金、うちにあるの？」

桜子は心配になった。幸徳井家は由緒正しい陰陽師の家系ながら、さほど裕福ではない。というか……どちらかと言えば貧乏公家《くげ》だ。花嫁衣装なんてもの、用意できるのだろうか……？　花嫁衣装にするような良い反物は高価だろうし、そもそも誰が縫うのだ？　桜子自ら縫うのはほぼ自殺行為である。裁縫とは、天から賜りし絶対的な才覚を必要とする神秘の技だ。針に糸も通せない自分が花嫁衣装なんて……無理に決まっている。

「安心せい、花嫁衣装の準備は無事に進んでおるわ。なあに、金はかからん」

胸中で諦念に身を委ねた桜子に、おじい様は力強く頷いた。しかし桜子はますます心配になる。

「ただで花嫁衣装なんか……」

「幸徳井家の花嫁衣装は特別じゃ。代々とある妖怪の一族に依頼して仕立てておる」

桜子の言葉を遮り、おじい様は言った。

「妖怪に？」

桜子は思いもよらない話に首をかしげる。

「ああ、呪符などの供え物と引き換えにな。ただ、特別製ゆえ花嫁衣装の完成にはお前たちの協力も必要になる。そこは心しておくように」

おじい様は真剣な顔で言い含めるように告げた。

「……分かりました」

桜子は戸惑いながらも素直に頷いた。やはり、どこか現実味が伴っていないようにも感じて、なんともふわふわした気分になっていた。

ちらと隣を見るが、友景は特に反応を見せない。何を考えているのだろう？　桜子と同じように、浮足立っているのだろうか？　だったらそういう顔をしてほしい。

「……お師匠様」

桜子が様子をうかがっていると、友景は軽く手を挙げて師を呼んだ。

「何じゃ？」

「その妖怪というのは、どんな妖怪ですか？」

問いかけるその瞳に、キラキラとした光が宿っている。高揚感と期待感……。自分の結婚に対する……？　いや、違う。彼の瞳に宿るのは、どう見ても未知の妖怪に対する好奇心だった。自分の結婚より妖怪が気になるのだ、この男は……

呆れる桜子の前で、おじい様は顎をさすりながらしかつめらしく言った。

「いずれ会うことになる。それまで楽しみにしておくがいい」


おじい様の話が終わると、桜子と友景は各々自分の部屋へと戻った。

「……もう寝なくちゃ」

桜子は呟《つぶや》いて、部屋に敷かれている布団に倒れこむ。何となく足をばたばたさせる。なんだか変にふわふわしている。

「おつかれさま、桜子」

暗い部屋の中に声が響き、顔を上げると目の前には美しい三人の女が立っていた。

それは桜子が生まれる前から幸徳井家にいる使用人たちだった。

「ただいま」

桜子は寝転がったまま答える。

「顔が赤いわね、どうしたの？」

「いや、その……私の祝言の日取りが決まったんですって」

桜子は恥ずかしさと不安を感じながら告げる。

「えー、すごーい、おめでとう！」

「まあ、おめでとうございます」

「うむ、めでたいことだ」

三人の使用人たちは口々に祝いを述べた。

「ありがとう……でも、なんだか実感がなくて……本当に結婚するのかしら？」

「えー、どうして？　毎日一緒に暮らしてるし、いつも一緒に行動してるし、何よりあの子は桜子を好きだと言ってるんでしょ？」

小首をかしげて聞かれ、桜子はぼんと破裂するように赤くなった。

「……い、言われたけど……」

そう、友景は確かに桜子を好きだと公言している。とても恥ずかしいし、恥ずかしくてとても聞いていられない。

「じゃあよかったじゃなーい。昔からあんたは、自分を好きになってくれる男がいるとは思えないって、心配してたもんねえ」

「うん……そうね、私、すごく運がいいのかも」

明るく言われて、桜子はなんだかそんな気になってきた。触れれば相手を怪我させせるようなこんな女を……好きだと言う男がいるなんて……そうだ、自分は運がいい。

「そうですよ、桜子。あの方を選んだ祖父に感謝なさい」

「そうね、感謝してるわ」

「なら、無事祝言を迎えられますね？」

そこで桜子はうう っと詰まる。

「何を不安になるのだ、桜子。安心せよ。あやつはちゃんとお前を好きだ」

とどめに力強く言われ、桜子は自分を納得させるように大きく頷いた。

「うん……」

確かに好きだと言われた。可愛いと言われた。理由もちゃんと言ってくれた。あんなにはっきり……

「あれ……？」

「どうしたのだ？」

「え、ちょっと待って……」

桜子はさっきの会話を思い出し、布団の上でがばっと起き上がった。

友景は桜子を好きだと言った。妖怪だから好きだと。他に理由はない……と。

「あの……この世に妖怪ってどれくらいいますか？」

「さあ……数え切れぬほどいるだろう」

ですよね……つまり……妖怪であるだけで好きになるなら、私より魅力的な妖怪の女の子が現れたら……

「私……景にあっさりふられるのでは？」

「まさか……そのようなことはありませんよ」

「だって私は特に可愛くないし！」

「あんたは可愛いわよ、桜子」

「私もそう思いますよ」

「うむ、お前は愛らしい」

彼女たちは口々に桜子を褒めてくれた。だけど、実際自分の顔が可愛くなんかないことを桜子は知っていた。可愛いというには吊り目すぎて、変に威圧感があるのだ。そもそも、桜子の可愛いところを聞かれて妖怪だからと答えるのは、可愛いところがないと答えているのと同じなのでは？

衝撃的な事実に気がついてしまった……できれば死ぬまで気づきたくなかった……

「それに私、全然優しくないもの」

周りに対して散々乱暴に振る舞ってきた。自分が危険な生き物だということを幼い頃から知っていたから、誰も自分に近づいてこないよう、怖い生き物として振る舞ってきたのだ。

「景は……もしかしたらあんまり妖怪のことを知らないのかもしれない。私より可愛くて優しい妖怪がこの世に山ほどいるって分かったら、私と結婚するのが嫌になるんじゃないかしら」

「あの方はそのように不実な男ですか？」

桜子はじっと自分の膝を見下ろし、出会ってから今までの彼のことを思い出し、ゆるく首を振った。

「ううん……景は私の傍《そば》で、一生私を大事にしてくれると思うわ。景は怠け者で、やる気がなくて、いつもごろごろ寝てばかりで、変な奴《やつ》だけど……優しいから。だから私を見捨てたりしないと思うわ。だって私は、景がいないと生きられないから」

桜子は人間ではない。陰陽師である友景の力で抑え込まれて、ようやく人として生きていられるのだ。桜子には、はなから友景を失うという選択肢がありえない。

「それなら心配する必要ないわよぉ」

「……だけど、他に好きな女の子ができても、私のせいで諦めなくちゃならないなんて……そんなの……嫌だわ」

桜子に友景を失う選択肢はない。しかし――友景には、桜子を見捨てるという選択肢がありえるのだ。けれど、友景がその道を選択することはないだろう。彼は優しいから、桜子を見捨てることはないのだ。

　だけど……そのせいで友景を縛り付けてしまうのは……悲しい。だから彼が桜子を好きだと言ってくれたのは嬉しかった。自分にも彼を幸せにすることができると思えたからだ。

「私……甘えてたわ。自分の魅力のなさを見ない振りして、呑気《のんき》にやり過ごそうとしてた。馬鹿だった。私は景がずっと好きでいてくれる女の子にならなくちゃいけなかったんだわ！」

　ようやく危機感を抱いた桜子は、胸の前で両の拳をぐっと固めた。

　三人の使用人たちはお互い顔を見合わせて、くすくすと笑いだした。

「私、何かおかしなこと言いました？」

「いいえ、あなたは正しいことを言っていますよ」

「ですよね？　私もちゃんと、努力しなくては！」

　桜子は決意を込めてばしーんと布団を叩いた。そしてはたと考える。

「でも、どういう女になれば好かれるのかしら？」

　つまり……友景の好みの女性とは……？

「そんなことは本人に聞いてみればよかろう」

「本人に？」

「妖怪の中でもどのような娘を特に好ましく思うか聞けばよい」

「……なるほど、確かにそうね。私が考えても、景の好みが分かるわけじゃないし、本人に聞くのが確実よね」

桜子は眉根を寄せて考え込んだ。

「まあどうやったところであれはお前のものだ。そう深く考える必要はない。お前があれの人生を食いつぶしたところで、責める者はこの世に一人もいない。あれの親兄弟も、お前の祖父も、師も、無論我らも……何も言わぬ。皆が慈しんでいるのはお前であって、あれではない」

冷ややかに言われ、桜子はぞっとした。彼女は今、この世に友景を慈しむ者は一人もいない……と、そう言ったのだ。

「でもさー、そんなのどうだっていいでしょ。問題はさ、つまり桜子はどうなのかってことじゃない？」

「え？　私……？」

「そうよ、あんたはあの子を、どうしたいの？」

「もちろんちゃんと幸せになってほしいわ！」

桜子は自分の胸を強く叩いた。桜子との縁談が、彼にとって良いものであってほしい。それは絶対だ。けれど彼女はけらけらと笑った。

「あはは！　やっだー、違うわよ。そういうこと聞いてるんじゃないの」

「じゃあどういう意味？」

「桜子が困っていますよ。もう少し分かりやすく言っておあげなさい」

「だからどういう意味？」

「何でもないのですよ。あなたはあなたの感じたものを信じればいいのです」

そうして三人はくすくすと笑う。

桜子はわけが分からなくなって眉を寄せた。

「さあ、もう遅いですからね。ゆっくりとおやすみなさい」

そう言うと、彼女たちは代わる代わる桜子の頭を撫でた。そして使用人らしく礼をして部屋を出て行く。

桜子はしばらく空《くう》を見つめて放心していたが、やがてぱたんと布団に倒れこんだ。

「私が景をどうしたいかって……どういうこと？」

答える声はなく、部屋の外から清《さや》かな虫の音がかすかに聞こえてくるばかりだった。

その音を聞きながら、桜子はずっと考え続けた。どうしたら友景にとって好ましい妻になれるのかということを……

幸徳井家の朝は早い。

夜明けとともに起き出した桜子は、いつも着ている小袖に着替えて部屋を出ると、ほてほて廊下を歩いて縁側まで出た。

立ち止まり、仁王立ちで庭を見据える。特に手入れをされているわけでもない樹木がそれほど洒落《しゃれ》た風情もなく並ぶ中、友景は桜子より早起きしていた。

彼の前には巨大な怪鳥が羽をたたんで座り込んでいる。その隣には妙に体の大きな犬が……そしてその隣には首のない馬が……さらに隣には馬の首が……

どう見たってまともな生き物ではない。妖怪の群れだ。友景はその妖怪たちの翼を磨いたり、体を洗ったり傷を手当てしたりしてやっている。

桜子は腕組みしてしばしその光景を眺めた。

「おはよう、景。あんた……また拾ってきたの？」

「怪我していたからな」

友景は振り向きもせずに答えた。

この男は人間のくせに、心底妖怪が好きなのだ。こうやって怪我した妖怪を見つけては連れ帰り、治療して山里に帰してやる。そんなことをしょっちゅうしている。彼は人間より、妖怪の方がよっぽど好きなのだ。

桜子は一つ短い息を吐き、草履を履いて庭に下りた。

「手伝ってあげるわよ」

歩み寄り、足元に転がる馬の首を拾い上げる。

「何お前、どこの馬？　首を斬られてしまったのか？　誰に？」

妖怪相手の辻斬《つじぎ》りでも現れたかと、桜子の眦《まなじり》は吊り上がる。

馬の首は桜子の手の中で震えあがり、ひひんとか細い声を上げた。

「おい、桜子。苛《いじ》めるんじゃない」

友景がすぐさま桜子から馬の首を奪い取る。

「よしよし、もう大丈夫だからな」

優しく撫でてやっている。

「誰も苛めてないでしょ。首を斬られてるからくっつけてあげようと思っただけ」

桜子は憤慨してますます目を吊り上げた。

「お前に睨《にら》まれて怯《おび》えない妖怪なんかいるわけないだろ」

友景は呆れたような目をじろりと向けてくる。

「だいたいな……こいつらはそれぞれ違う妖怪だ。首の方は馬坂。体の方は首切れ馬。赤の他人だ。くっつけても一つの妖怪になるわけではねえよ」

「ああ、なんだ。これは首切れ馬だったの。大晦日《おおみそか》に現れる妖怪じゃない。どうしてこんな時期に……」

桜子は居心地悪そうに立っている首のない馬をじろじろと眺めた。

「まだ子供だから未熟なんだよ。うっかり季節外れに出てきたせいで、縄張りを荒らされたことに怒った妖怪たちから仕置きされたそうだ」

「ふうん……そうなの」

「大丈夫だからな。俺がちゃんと治療してやる。元気になったら父さんと母さんのところに帰ろうな。ちゃんと帰してやるからな」

友景は馬の首を抱えたまま、優しく手を伸ばして馬の体を撫でた。

はたから見れば何とも異様な光景だが、それより桜子は別のことが気になった。

「ねえ……こいつらって……雄なの？　雌なの？」

「ん？　雄雄雌だ」

友景は怪訝《けげん》な顔をしながらも、指さして教えてくれた。

「へー……その馬坂は女の子なんだ」

桜子は友景が大事そうに抱えている馬の首にちらと目をやる。

なるほど……妖怪の……女の子だ。馬の首だろうが何だろうが、妖怪の女の子だ。

つまり——友景の好みの範疇《はんちゅう》にばっちり入っているということだ。

よく見てみれば、毛並みはつやつやとしていて美しいような気がするし、怯えた目の輝きは庇護《ひご》欲をそそる愛らしさがあるように見える。か細い泣き声も乙女らしい。

この子はもしかすると……私より可愛いのでは……!?

というか……そもそも、私より可愛くない妖怪って……いるのか……？

まずい……自分が女子として他の女の子に勝てる要素はいったいどこに……

いや、こんなことを考えるのは良くないことだ。自分で自分を貶《おとし》めるようなことを考えちゃいけない。おじい様もお母様もお父様も、みんな私を心から可愛いと思ってくれているはずなのだから、自分を信じなければ。大丈夫、彼は間違いなく私を好きになってくれた。私には私のいいところがちゃんとあるはずだ。自信をもってそこを伸ばしてゆこう。たとえ可愛い女の子にはなれなくても……

決意を固めて友景を見ると、彼は何故か庭の木の陰をじっと見ている。

「景、お願いがあるんだけど」

「何？」

「あのね……私と殺し合いをしてくれない？」

思い切って、昨夜真剣に考えた言葉を口にした。

すると友景は振り向き、みるみるうちに顔をしかめた。

「何で？」

「私と真剣にどつき合いをしてほしいのよ」

桜子は自分の言葉がいささか不穏だったことに気が付き、すぐさま訂正した。しかし友景の表情は険しいままだ。

「……殺し合いがどつき合いになったからって、はい分かりましたと言うほど俺は馬鹿じゃねえよ。何が言いたいんだ？　俺に何か不満があるのか？」

「え、ちが……不満なんかじゃないわよ。そうじゃなくて……その……私に剣術を教えてくれない？」

婉曲《えんきょく》に言っても全く伝わらなかったので、率直な言葉に変えてみる。

だというのに……はっきりと告げられた友景は更に眉をひそめた。

「何で？」

「何でって……私は剣を使えないから」

「そりゃそうだろ。お前は陰陽師なんだから剣術なんて必要ない。そもそもお前には生まれつき鋭い爪と牙が備わっているだろうが。これ以上何の力がいるんだ？」

「それはそうだけど……もっと強くなりたいの」

一晩必死に考えた。可愛い女の子になるのが無理なのは分かっている。だから長所を伸ばしてゆこう。自分の長所……それは強さだ。強さを極めていこう。そう決めた。

真剣に訴えると、友景はううんと顔をしかめて首を捻る。

「お前は破壊獣でも目指してるのか？」

「そうじゃなくて……誰が破壊獣よ！　いくら力があっても制御できなきゃただの災

害でしょ。技術が欲しいの。自分の力と体を一から十まで制御できる技術が」

「だからってなんで剣術だ？」

「だって……あんたが剣を使うところはカッコいいじゃない。私も同じことができるようになりたいの」

率直に理由を告げる。すると友景は目を丸くして固まった。その瞳がややあって細められると、今度は難しそうにあちこちしわが寄り……

「無理だと思うぞ」

と、彼は言った。

「やってみなくちゃ分からないでしょ。剣を握ったことすらないんだから」

桜子はムッとしながらも言い返す。

友景はしばし唸《うな》りながら考え込み、

「じゃあ、試してみるか。見てやるよ、見込みがあるかどうか」

そう言って、妖怪たちの世話を終え、桜子を連れて裏庭へと移動した。

そしてその直後――桜子はぶちのめされて裏庭にひっくり返っていた。

「だから無理だと言っただろ」

友景は木刀を肩に担いでこちらを見下ろしてくる。

初心者相手に手加減とか知らないのかこの男は……いや、されたらされたで腹が立つけど……

桜子は木刀を握りしめて、あおむけにひっくり返ったまま彼を睨み上げる。

「……毎日特訓するわよ」

「やめとけ。どうしてもと言うなら教えるけどな、お前に剣の才はないぞ」

と、彼は言った。桜子はぴしっと凍り付く。

「だからやめとけ。無意味なことに時間を費やすなよ」

友景はずばっととどめを刺した。

辺りがしんと静まり返る。秋風がわずかに頬を撫でる。

静寂に身を浸していた桜子は、拳を握り固めて起き上がり、

「……この……無神経男！」

破裂するように怒鳴った。

「こんなことで私が諦めると思わないで！　試してみてよーく分かったわ。私には伸びしろしかないってことがね！　特訓して絶対あんたを打ち負かしてやる！」

感情のままに宣言し、桜子はどかどかと足音荒く歩き出した。

「おい、どこ行くんだ？」

「お腹空《す》いたからおやつ買ってくる！」

「俺も行くよ」

「来ないでよ！」

「行く」

友景は譲らず桜子の後をついてきた。

桜子はそれ以上無駄な問答をせず、怖い顔で黙りこくり、門の外へと出て行った。

「なあ、さっきのあれは本気なのか？」

「さっきって何？　毎日特訓するって言ったこと？」

ずかずかと道の真ん中を歩いて、市場を目指しながら会話する。

「そうじゃねえよ。お前、俺をカッコいいと思ってるのか？」

「……剣術やってるところはね、カッコいいわよ」

素直に褒めるのはムカつくが、本当のことだ。ぶちのめされたが、彼の剣技はカッコいいと思ってしまう。ああなりたいと思ってしまう。

「へーえ……」

「何？　カッコいいって言われたら嬉しい？」

ちらと傍らを見上げるが、友景の表情にあまり喜びは見て取れない。ちょっと、難しい顔をしている。

「……俺は剣術が好きなわけじゃないから……剣を振ってる自分を好きだとも思わない。これはただの手段だからな」

「人によっては道なんでしょ？」

「俺にはそれが分からない。剣の道と言われてもな……人間の感覚は難しい」

友景の声がわずかな翳《かげ》を帯びた。

彼は、間違いなく人間だ。しかし、幼い頃妖怪に攫《さら》われて育てられたせいで、自分が人間だという感覚を持っていない。そのことはおそらく、今も彼を苦しめている。

妖怪の肉体を持たず、人の心を持てず、自分が何なのか分からない……

その苦しみに、触れてはいけないような気がしてしまう。だけど——

「じゃあ何が好きなの？　その……私以外で……よ？」

桜子は昨夜の恥ずかしい言葉を思い出しつつ、彼の内側に踏み込んでみた。

友景はこちらを向き、数回まばたきして記憶をたどるように考え込んだ。

「……山の中を走りまわって……木の実を探すのが好きだったな。見つけたら、半分はその場で食べて、半分は父さんと母さんに持って帰るんだ。父さんと母さんは人間の肉しか食べない妖怪だったけど、俺が持って帰った木の実はいつも美味《おい》しいって食べてたよ」

「ふーん……あんたのこと可愛いから、嬉しかったんでしょうね」

「……だろうね」

「話してたら私も木の実食べたくなってきちゃった」

「じゃあ……今度一緒に……」

友景が言いかけたその時、背後から騒音が聞こえてきた。

荒々しい馬の蹄《ひづめ》の音と、人々の驚く声。何事かと桜子が振り返りかけると、いきなり体に何者かの腕が回され、思い切り引っ張られて地面から持ち上げられた。

「うわ！」

何が起きたのか分からず、驚きの声が漏れる。辺りの景色が高速で変わってゆく。そこでようやく分かった。桜子は突如駆けてきた馬の背に引きずり上げられ、通りを疾走しているのだった。

「な、な、何なの！」

「ははははは！　驚いたか、桜子」

快活な笑い声が背後から聞こえ、振り返ると同じ馬上に桜子を攫った人物が跨《また》がっていた。

「あなた……智仁《としひと》様！」

「久しぶりだな、元気そうじゃないか」

そう言って笑うのは、二十歳頃の若い男だ。目鼻立ちがくっきりと存在感が強く、一度見たら忘れられない印象的な顔立ちをしている。快活な笑みは魅力的で、男女問わず周囲の視線を集めそうだ。名は智仁という。

「智仁様、いきなり驚かせないでください」

桜子は呆れ半分安堵《あんど》半分で文句を言った。

「悪いのはきみの方だろ?」

「私? 何かあなたに悪いことしました?」

「聞いたよ、婿を迎えるんだろ?」

「え! 何で知ってるんですか!」

「そりゃあね、私はきみのことならなんでも知ってる」

「また適当なことを……いいから馬を止めてください。あなた本当に何度言っても分からない人ですね。私に触ると怪我するって、何度言ったら……」

そこで桜子は言葉を止めた。ふと気が付き、後ろを見る。自分の後ろに跨っている智仁の、更に後ろを——

「と、智仁様……馬を止めないで」

桜子は、さーっと青ざめながら言った。

「え? なんで?」

智仁は怪訝な顔で振り返り、ぎょっとして固まった。

爆走する馬の背後から、一人の男が走ってくる。友景だ。友景がすさまじい速さで馬を追いかけてくるのだ。怖い……怖すぎる。馬上の二人が啞然《あぜん》としてその姿を見ていると、友景はぐんぐん近づき、あっという間に馬を追い抜いた。

「うわあああ!!」

あまりの怖さに、桜子と智仁はそろって叫び声を上げた。

友景は慄《おのの》く馬の口をとらえ、手綱を引っ張って無理やり足を止めさせた。

「何だきみは、誰だ？」

智仁が怪訝な顔で誰何《すいか》する。

「そういうお前は誰だ？」

友景は淡々と聞き返した。その声を聞いた瞬間、桜子の全身が粟立《あわだ》った。

お、怒ってる……？

ひやりとしながら顔を覗き見るが、友景は無感情に馬上の二人を見上げている。

「ふん……察するに、きみが桜子の許嫁か？」

「ああ」

「そうか、ならば名乗ろう。私は八条宮《はちじょうのみや》智仁という。桜子とは……行く末を誓い合った仲だ」

馬上で胸を張り、智仁はにこやかに名乗りを上げた。

「ちょっと、変な嘘《うそ》つくのやめて」

桜子が咎《とが》めるが、智仁は無視して友景を見下ろした。

「きみは？」

「……柳生友景」

「柳生……どこの？」

「大和」

「ふうん……まあ、それはどうでもいい。私はきみの素性になど興味はない。問題はだ、桜子。きみが私に黙って勝手に縁談を進めているということだ」

智仁は自分から聞いておきながら好き放題なことを言う。

「いや、あなたの許可取る必要あります？」

桜子は額を押さえ、げんなりしながら問うた。というか、ほぼ反語だ。

「あるね。私が幾度きみに求婚したと思っているんだ。それを無視して話を進めるなんて酷《ひど》い話だ」

腰を抱きかかえられたまま責められて、桜子は思わずため息を吐く。

「また馬鹿なこと言って」

「馬鹿なことだって？　私がきみを好きだと言うのは馬鹿なことか？」

「大いに馬鹿ですね。何度も言うけど、私はあなたのことが大嫌いなので。できれば一生近づきたくないくらい」

「……酷くないかい？」

「もちろん酷いに決まってる。私は酷い女なの。それをちゃんと理解してください」

言い合っていると、不意に馬の轡《くつわ》がぐんと引かれた。友景が、じっと二人を見上げている。

「なあ、話がまだ終わってねえだろ。お前は誰だと俺は聞いてるんだ」

「答えたじゃないか」

「それは俺が知りたいことじゃない。お前は桜子の何なんだと聞いてるんだよ」

「何って……幼馴染《おさななじみ》さ」

「幼馴染？」

「ああ……筒井つの井筒にかけしまろがたけ過ぎにけらしな妹《いも》見ざるまに」

智仁の玲瓏《れいろう》たる歌声を聞き、桜子はうんざりため息を吐いた。

「その歌の意味、よく分からなくて使用人に聞いたけど……結局その男は浮気するんじゃないですか」

「物語の中のことだ。目くじら立てるんじゃないよ」

智仁はあははと笑い飛ばし、再び友景を見下ろした。

「だが、幼馴染というのは本当だ。それに、幸徳井家の上客とも言えるな。幸徳井家には昔から世話になっているんだ。そして、桜子に恋焦がれる男の一人でもある。愛《いと》しい彼女が婿を取ると聞いて、いてもたってもいられず駆けつけたのさ」

「へえ……桜子の許嫁である俺をどうしようって？」

「何としてでも縁談を邪魔しなくちゃと思っているよ」

「それで？　本当の用件は？」

桜子は男たちのやり取りを遮って背後に問いただした。

問われた智仁は面食らったようで黙り込む。桜子は身を反転させて智仁を睨んだ。

「本当は別の理由があるんでしょう？」

「……どうして分かる？」

「分かりますよ。私はあなたのことなんか大大大嫌いだけど、どれだけ付き合ってると思ってるんですか。あなたは私の、一番長く付き合ってる他人ですもの。あなたのことはよーく知ってる。だから一目見れば、あなたが助けを求めて来たんだろうなってすぐ分かるんですよ」

途端、下方から不吉な気配が漂ってきたが、桜子は気づかなかったことにした。

智仁は驚きの表情を浮かべてみせたが、すぐににんまりと笑った。

「きみはやっぱり最高だ」

「それはどうも。で？　何です？　またなの？」

「ああ、そうなんだ。またなんだよ」

智仁の声が、不意に震えた。

「分かりました。ここじゃ無理だからうちに行きましょ」

桜子は友景のつかんでいる手綱を奪い取り、馬の腹を蹴って走り始めた。

通りを駆け抜け、来た道を戻り、幸徳井家の屋敷へ帰りつく。

「おじい様！　おじい様！　いる？　智仁様がたいへん！」

桜子は智仁を引きずって、どたばたと屋敷に駆け込んだ。

騒々しい物音を聞きつけ、奥から老爺《ろうや》が姿を見せる。

「なんじゃ、桜子。朝っぱらから騒ぎおって……やや！　智仁様ではございませんか！　いかがなさいましたか？　また……ですか？」

おじい様は、孫娘に引きずられた智仁に気づくと顔色を変えた。

「私がやっていい？」

「うむ、すぐにして差し上げよ」

「はい」

「友景はどうした？」

「ああ、置いてきたわ」

「なんじゃと!?　お前、なんという……」

「景なら平気よ」

「何が平気じゃ、婿殿を置き去りにするなど……」

「いや、いますよ。お師匠様」

桜子の後ろから、友景がひょっこり入ってきた。

「ほら、平気だったでしょ」

馬より速く走れる男の心配なんて、するだけ無駄というものだ。

「景のことはいいから、智仁様、こっちへ」

桜子は智仁の腕を引っ張り、屋敷の奥へと引きずり込んだ。

一番奥の部屋に連れて行くと、板の間に座らせる。部屋に置かれていた長持ちから、いくつか札を取り出し、向かい合って座る。

「今日は何にとりつかれちゃったんですか」

桜子は智仁の目をじっと覗きこんだ。

「さっぱり分からないね」

智仁は肩をすくめる。

「ちょっとこれを嚙《か》んで息を止めていて」

桜子は彼の口に札を一枚突っ込み、印を結んだ。

精神を集中し、唇を動かす。

「オン・ソラソバチエイ・ソワカ・ナウマク・サンマンダ・ボダナン・ソラソバチエイ・ソワカ・弁才天に帰依し奉る」

真言が唱えられると、たちまち辺りの空気が変わった。

輝く神気が部屋を満たし、温かいような冷たいような不思議な感覚がある。

桜子は全身を愛撫《あいぶ》されるような気配を感じ、深くこうべを垂れた。

顔を上げると——目の前には一柱の神が浮かんでいた。不思議な異国の衣を纏《まと》い、琵琶《びわ》を携えた月のごとき美しい女神だ。見慣れぬ化粧を施した目をゆっくりしばたたき、優しく微笑んだ。

誰もがその名を聞いたことがあろう。弁才天と呼ばれ、七福神にその名を連ね、異国ではまた別の名を持つ芸能の女神である。

向かい合って神妙に座っていた智仁も、女神を前に深々と頭を下げた。

「この度もお願いしたいのです」

桜子は頭を下げたまま懇願した。弁才天は微笑みながら鷹揚《おうよう》に頷いた。その動き一つで奇跡を起こせるのではないかという神々しさがあった。

「二人とも顔を上げよ」

弁才天はえもいわれぬ麗しい声で命じる。その声こそがこの世で最も美しい楽器であるかのようだ。それに引き寄せられるように、桜子と智仁は顔を上げた。

「あやかしにとりつかれてしまったか……。案じることはない。まばたきする間に清めてくれよう」

「いつもありがとうございます」

智仁はうっとりと女神に見入りながら安堵したように礼を述べる。女神はそれを見てふふふと笑った。

「なに、容易《たやす》いこと。私は吉祥天《きっしょうてん》や宇迦之御魂神《うかのみたまのかみ》とは違う」

その得意げな言葉を聞いた瞬間、智仁は青ざめ、桜子はうげっと呻《うめ》いた。

そして次の瞬間——けたたましい音を立てて部屋の障子が吹き飛んだ。

驚いてそちらを向くと、二人の女が憤怒の形相で立っている。

桜子は頭を抱えてしまった。やばい……面倒なことになった……

「まあ……何やらおかしな言葉が聞こえてきたようですね」

怒りの顔で微笑むのは、すらりと背の高い豪奢《ごうしゃ》な姿の女神。名を吉祥天という。

そしてその隣に腕組みして佇《たたず》むのは、体付きのほっそりとしたつり目の女神。名は宇迦之御魂神という。いずれもこの幸徳井家に宿り、桜子を守護してくれている神である。

そしてこの三柱は、仲が……

「お前はすぐ調子に乗るな、弁天。少しは弁《わきま》えろ」

宇迦之御魂神が険しい顔で咎めた。

二柱の女神に睨まれた弁才天は、美しい瞳で彼女たちをじろりと見やり、にんまりと楽しげに笑った。

「弁えるのはそっちでしょお？　ねえ、この中で一番崇《あが》められてるのって誰でしたっけー？」

わざとらしく頬に人差し指を当てて、首をかしげてみせる。

挑発された女神たちの気配が剣呑《けんのん》さを増す。

「キチジョーちゃんだったっけ？　あなたずいぶん前からこの国にいるもんねー。民から崇め奉られまくってたもんねー。だけど……あらやだ！　そんなあなたの人気、奪っちゃってごめんねえー」

弁才天は笑いながら宙をくるりと回る。

「やめよ弁天！　吉祥が泣いてしまうであろうが！　いくら信者が多いからといって、言っていいことと悪いことがあろう！」

宇迦之御魂神が怒鳴った。その隣で、吉祥天がぷるぷる震えながら泣きそうな顔になっている。

「わ、私だって……今でも崇めてくれる人間はたくさん……」

ついにぐすぐすと洟《はな》をすすりだした。

「えー？　今どきそんな古くさい趣味の人間いるぅ？」

「いいかげんにせよ！　弁天！」

「ウーちゃんだって、呑気に庇《かば》ってる場合じゃなくなーい？　あれれー？　そういえばなんだか、私と習合した子いなかったっけー？　やだー！　ウーちゃんだったっけ？　習合したのにあなたの存在感消し去っちゃってごめんねえー」

けらけら笑いながら、弁才天は両手で自分の頬を押さえた。

「弁天！　調子に乗るでないわ！」

宇迦之御魂神が眦を吊り上げて怒鳴った。

「やーん、怒らないでよ。私ばっかり、人気あってごめんねえー？」

桜子は白熱するやり取りの中に座り、もう逃げ出したくなった。この三柱の女神は、いつもこうだ。本当に……仲が良すぎる。

弁才天はキラキラと瞳を輝かせて、憤激する吉祥天と宇迦之御魂神を見つめている。

「うふふ……キチジョーちゃんもウーちゃんも、かーわいー」

頬を染めて、この上なく楽しそうだ。

「弁天様、遊んでないでこっちを助けてくれません？」

桜子はこの面倒くさい状況から逃げ出したいのを我慢して懇願した。

「うふん、ごめんね、桜子」

女神はうきうきとこちらを向き、智仁を見て目を細めた。

「また変な子にとりつかれちゃったわねえ。でも大丈夫よ。すぐに助けてあげるんだから」

そう言うと、弁才天は持っていた琵琶を宙に放った。琵琶は空中でバラバラに分かれ、弓や刀や斧《おの》といった八つの武器に変わる。続けざま、弁才天は衣を翻して一回転し……正面を向いた時には月の如《ごと》く美しい男神に変化していた。腕は二本から八本に増えている。その八本の腕がそれぞれ八つの武具をつかみ、智仁に向き直った。

「さあ、腕を差し出せ」

男神は優雅に命じた。

智仁は粛々と腕を出した。その腕には、どす黒くただれたような模様があり、それは生き物のように蠢《うごめ》いている。己の異様を改めて確認すると、智仁は目を閉じた。

男神は湾曲した刀を大きく振りかぶり、智仁の腕に向かって振り下ろした。無音の斬撃を受け、智仁の腕からどす黒い血が噴き出した。その血はどろりどろりと床に落ち、たちどころに煙を上げて消えてしまう。黒い血が跡かたもなく消え去ってしまうと、腕に刻まれていた模様は綺麗《きれい》さっぱりなくなっており、斬られた智仁の腕には傷一つ残っていなかった。

「これで終わりだ」

男神はそう告げるとまた一回転し、武器を手放し、女神の姿へと戻った。

「ほーらね？　あっという間でしょ？　これで大丈夫」

弁才天はふふんと得意げに笑った。

「いつもありがとうございます、弁天様」

智仁はほっと安堵したように息をついた。

弁才天は嬉しそうに笑い、智仁の頬をつつく。

「いいのよお。困ったらいつでも来てね？　私って頼りになるでしょ？　口ばかり達者などこかの誰かさんたちとはもう、桁違いなのよねーえ」

最後に余計な一言をつけ足して、弁才天はひらりと身を翻した。その姿はたちまち霧のように消え失《う》せてしまう。

「お待ちなさい！　弁才天！」

「待て！　弁天！」

吉祥天と宇迦之御魂神も弁才天の後を追ってふわりと宙を舞い、キラキラと光の粒子を残して消えてしまった。

神気が離れてゆくのを感じ、桜子はようやく肩の力を抜いた。ぐったりとその場に座り込んでいると――

「いいかげん説明しろよ。この状況は何だ」

部屋の端から神妙な面持ちで成り行きを見守っていた友景が、ぼそりと低く問うた。

「この人が変なモノにとりつかれていたから、神を呼んで祓《はら》ってもらったのよ。陰陽師の仕事の一環でしょ」

桜子は端的に説明するが、しかし友景は納得しなかった。

「何であの女神が……桜子のためにここにいる女神が、わざわざ人間の男一人の前に姿を現すんだ。ありえないだろ、あれは神だぞ」

動揺しているような怒っているような顔で、智仁を見据える。彼が動揺するのは珍しい。が、無理もない。

この人は……八条宮智仁という男は……異質な人間なのだ。

「智仁様は……そういう人なのよ」

「そういう人？」

「そう、生まれつき何でも引き寄せてしまう人。神様でも妖怪でもね。妖怪を引き寄せるってことは、とりつかれるということ。だからそのたびにうちの陰陽師が妖怪を祓ってるの」

そう告げると、友景は驚愕《きょうがく》の表情で凍り付いた。

「初めてとりつかれたのは赤子の時だったと聞くな」

軽やかに笑いながら説明を継いだのは智仁だった。

「もちろん私にその記憶はないが、今よりずっと酷かったらしい。物心ついてから、妖怪にとりつかれるたび救ってくれたのは、美しい陰陽師の女性だったよ。雪子《ゆきこ》という名の女性で、桜子の母だった。彼女は私を、器が大きすぎる人と言ったね」

　そこで智仁は手を伸ばし、桜子の肩を抱き寄せた。

「さあ、これで分かっただろう？　私がいかに、桜子を必要としているか……ということが。きみは身を引け」

　桜子は友景の返事を聞く前に、智仁の手をちょいと叩いた。軽くやったつもりだったが、ばちーんと良い音がして智仁は手を引っ込めた。

「だから、触らないで」

　怒った顔を作ってみせる。

「この程度で怯むと思うのかい？　私はきみを子供の頃からずっと知っているんだよ？　きみの剛力なんて怖くもなんともない」

「……どう言われても、私があなたを嫌いだってことには変わりないですよ」

「……桜子」

　急に地を這うような低い声が聞こえて、桜子はひやりとした。名を呼んだのは友景だ。彼は妙に殺伐とした目でこちらを見ている。

「な、何？」

「俺がお前に初めて会ったのは、十一歳の時だ」

　友景は妙に据わった目で言った。

いきなり何の話……？

「ああ……うん、そうね。分かってるわよ」

彼が何を言いたいのかよく分からないまま、桜子は同意した。

「ああ、お前は九歳だった」

「分かってるってば」

九歳の時、桜子は行き倒れていた一匹の猫又を助けた。その猫又は、それからというもの度々桜子の前に現れ、近づくなというのにずっとつきまとっていたのだ。そしてその猫又の正体が、友景の作った式神であることを、桜子はつい最近知った。

「俺はお前をずっと前から知ってた。ずっと見てた。ずっと一緒に過ごしてた」

「……分かってるったら」

本当に本当に何の話？

「なら、俺を信頼してるか？」

「そりゃ……してるわよ」

そもそも信頼していなければ、この男に体を預けたりはしない。妖怪である桜子は、彼の術で繋《つな》がれて、式神になっているのだから。

「じゃあ、俺に言うべきことがあると思わないか？」

「いや……別にないけど……」

たちまち、友景の表情が今まで見たこともないようなものになった。

怒っているだけじゃない……もしかしたら、今自分は彼を傷つけたのかもしれないと、桜子は不意に怖くなった。

「……何で黙るのよ。どうせ、お前は馬鹿で鈍いとか言いたいんでしょ？」

むしろそう言ってくれれば、ちょっと安心できる。

夫婦というのはお互いがお互いの最たる理解者であるはずだと思うのに、この男の考えていることはいつも酷く突拍子もなくて、なんとも分かりにくいものなのだった。

せめて分かりやすく罵倒してくれた方がいい。そうすれば、自分のとるべき態度は彼を怒るという一択で間違いがないと分かるから。

だけどあんまりにも理解不能な態度をとられると、自分の反応が正しいのか間違っているのか分からなくなってしまう。

「ねえ、私に何を言わせたいのよ」

答えを求めて訴えると、友景は黙ったままぷいと背を向けた。そして部屋を出て行ってしまう。

「な！　何よ！　何とか言いなさいよ！」

桜子は心臓をバクバクと激しく鳴らしながら怒鳴った。

なんだか分からないけど、私はいま彼を酷く失望させた……

それが分かり、桜子は腹の底が震えるような感覚を得た。

思うことがあるならちゃんと言えばいいのに、どうして言わない！　出会ってから
ずっとそうだったけれど、彼は思わせぶりなわりには秘密主義で、こちらが知りたい
ことを教えてくれない。だから……だから……

頭に血を上らせたまま頭の中でぐるぐると考える。

すると、ぱんと乾いた柏手《かしわで》の音が響いて、桜子はびくっとした。

横を見ると、智仁が手を打ち鳴らす格好でこちらを見ていた。

「よし、決めた。きみを攫おう」

と、彼は唐突に言った。

「……なんですって？」

「彼はきみに相応《ふさわ》しくないな。きみはやはり私と結婚した方がいいね」

「いや、何を勝手なこと……」

話をややこしくしないでほしい。桜子は面食らいながら手を突き出して、彼の発言
を押しとどめようとした。しかし、彼はその手をぐいとつかんで顔を近づけてきた。

「私は本気だ」

そう言って、桜子の手をつかんだまま立ち上がる。

「よし、行こうか」

「ちょっと待って。行くってどこに」

「うちにおいで」

「智仁様のうちって……?」

「まあ来れば分かる」

優雅に笑い、智仁は桜子を引きずって歩きだした。


それから数刻後――桜子は幸徳井家からずいぶんと離れた場所にいた。

再び智仁の馬に乗せられて、あちこち寄り道しながら七条まで下り、御土居堀《おどいぼり》の南西の丹波口《たんばぐち》から洛外《らくがい》へ出ると、八条まで下ってのんびり西へ西へと歩いてゆく。

桜子が大人しくしているのが気になったのか、彼は道すがら出会うもの全てに声をかけた。人とか、犬とか、虫とか、空とか、いろんなものにだ。

「智仁様がやたら危ないものにとりつかれるの分かるわ」

「そう?　どうして?」

「隙がありすぎる。刀を振りかぶって突進してきた相手でも笑顔で抱きしめちゃいそうなんだもの」

「まあ、誰にでも事情ってものはあるだろうからね。襲いかかってきたからって、逃げては気の毒だろう」

「馬鹿ですね……」

桜子は思わず苦笑する。

だから私は、この人が嫌いなんだけれど……

のんびり馬を歩かせ続けていると、高かった太陽は歩む速度に合わせて傾いてゆき、朱色の夕日が沈むとあっという間に秋の夜が訪れて、涼やかな虫の音が聞こえてきた。

「日入り果てて風の音虫の音などはた言ふべきにあらず……だな」

智仁は馬上で、音や感触を楽しむように目を閉じた。

「いいかげん教えてくれません？　私をどこへ連れて行くつもりなのか」

「不満そうな顔しているくせに、おとなしくついてきたね」

「……暇だったので」

「そう？　じゃあ、きみが少しでも楽しんでくれるといいけれど」

そう言ったところで、智仁は馬を止めた。

簡素な門の前である。

「ようこそ私の隠れ家へ」

智仁は桜子の後ろに跨ったまま、ぽくぽくと馬を歩かせて門をくぐった。

「ここは……何？」

桜子は辺りを見回す。

陽《ひ》はすっかり沈んでいたが、大きな月が煌々《こうこう》と辺りを照らしてそこにあるものをくっきりと浮かび上がらせていた。

竹の垣根に囲まれた広大な庭園……のように見える。桜子は智仁に誘《いざな》われて馬を降り、門から奥へ続く長い道を歩き始めた。しばらく進んで視界が開けると、庭園の真ん中には大きく複雑な形をした池があり、水面《みなも》に月影が揺らめいていた。

その奥に、品の良い書院のような建物が一棟建っている。

「この辺りは私が拝領した土地でね、ちょっとした別荘を建てている途中なのさ」

「ふうん……智仁様の別荘なんですね。ずいぶん広いわ」

「そう、広いばかりでまだ殺風景だろう？　これからここに茶室や書院をいくつも作って、その辺には築山《つきやま》を造るつもりなんだ。四季の木々を植えるのもいいね。疲れを癒す創作活動の場にしようと思っているんだよ」

「創作って、詩歌とかですか？」

智仁は芸術に優れた文化人だ。都で高い役職にはついているものの、本当はこういう場所で好きなことをして過ごしたいのだろう。

「人は美しいものに囲まれて生きるべきだ。その場所に相応しい名前を考えている途中なんだよ」

「この別荘の名前？」

「ああ、何かいいのがあるかな？」

「池に綺麗な月が映っているから、月光庵《あん》とか……」

桜子は思いつくまま適当に言った。

「なるほど……さしずめ私は桂男《かつらおとこ》というところか……」

彼は愉快そうに笑いながら書院の戸を開けた。

すると、奥から使用人らしき人々が集まってきて智仁を出迎えた。みな優美で上質な衣装を身に纏っていて、桜子は気後れしてしまう。

「しばらく過ごさせてもらうよ」

智仁はそう言って、桜子を誘い書院に上がった。

二人が奥の部屋に通されると、使用人たちはすぐさま酒宴の支度を整えた。開け放たれた雨戸の向こうに、造営中だという庭が見える。庭園は今のままでも十分に美しく、これが完成すればどれほど素晴らしい別荘になるのだろうかと桜子は想像する。この書院だって品よく美しく整えられていて、貧しい我が家しか知らない桜子にとってはお城のような場所に思えるのだった。

「それで、智仁様。どうして私をここに連れてきたんですか？　何か怪異でもあって、私を頼って連れてきたとか？」

桜子は用意された酒や食べ物に手を付けることなく部屋の中を見回した。特におかしな気配は感じられない。

智仁は小さく笑って自分の盃《さかずき》に酒を注《つ》いだ。

「ねえ、桜子。私とここで暮らさないか？」

「……はい？」

「ああ、承知してくれるんだね、よかった」

「え！　いや違う！　今のは意味が分からなくて聞き返しただけ！　何も承諾してませんから！」

桜子はぎょっとして首を振った。

「じゃあもう一度言うよ。私とここで暮らそう、桜子。私はこの別荘を、きみにあげてもいいと思ってるんだ」

部屋の端に控えていた侍女たちがざわついた。驚いた顔でひそひそと何か話し合っている。

桜子が着ているものときたらごく普通の小袖で、宮家に仕える侍女たちの纏う着物の方が遥《はる》かに上等だ。この場で最も粗末な格好をしている桜子に、この広大な別荘をくれる……？

「何か困ったことがあったんですか？」

彼が桜子の前に現れるのは、いつだって妖怪や魔性の者にとりつかれて困った時だ。このことも、その延長に違いないと桜子は推測したのである。

「そうじゃない。きみに結婚を申し込んでるんだよ。夫婦になって、ここで一緒に暮らそうと言ってるんだ」

智仁は苦笑しながらそんなことを言い出した。桜子は目を真ん丸にしてしばし固まり、しかしだんだんと目を細めて最終的に彼を睨んだ。

「智仁様……私をからかうのもいいかげんにしてほしいんですけど……」

「私は本気だよ。きみをからかったことなんて一度もない」

真摯に言われ、桜子は大きくため息を吐いた。

「……怒りますよ」

「私は本気で言ってるよ」

「……なんで？」

なんでそんなに桜子と結婚したいなんて言うのか……とても本気とは思えないのに、智仁の表情はこの上なく真剣だった。

「桜子、私はきみが何者なのか知ってるよ」

「何者って、ただの陰陽師ですけど……」

「きみは……白面金毛九尾の妖狐の娘だ」

瞬間、桜子は心臓を握りつぶされたかと思うような衝撃を受けて呼吸を止めた。

そう……桜子は人間と妖怪の間に生まれた娘だ。そして父は……かつてこの国を滅ぼしかけた、白面金毛九尾の妖狐と呼ばれる大妖怪なのである。

「………なんで」

どうにか声を絞り出し、さっきと同じ言葉を発する。

「雪子に聞いた」

智仁は桜子の驚愕と対照的に落ち着き払って答えた。

雪子というのは桜子の母の名だ。幸徳井家の陰陽師でありながら、九尾の妖狐に恋をしてその子供を産んだ。そして桜子を産んですぐ命を落としている。

元々智仁がとりつかれた時に祓っていたのは雪子だから、二人が親しかったのは知っているが……どうして……何のためにお母様は私の秘密をこの人に話した……？

「きみに何かあったら助けてほしいと頼まれていた。桜子、ここなら少々暴れたくらいでは誰も困らないし、私ならきみをずっと守ってやれると思うよ」

「どの口が……」

桜子は思わず引きつった笑みを浮かべてしまった。

この人をずっと助けてきたのは自分の方だ。妖怪にとりつかれた彼を祓ってやるのはいつも自分の役目だった。それがどうして、彼に守られるなんてことに……

「まあ、ゆっくり考えてくれ。私はきみのためなら、なんでもするから」

そう言って彼は桜子の手を握った。桜子はぎゅっと唇を嚙みしめて、智仁の手を払いのけた。

「そんな言葉は信じない」

「何故？」

「どれだけ付き合ってると思ってるんですか。私はあなたをよく知ってる。智仁様、あなたが好きだったのは……私のお母様でしょう？」

激しい瞳で見据えると、智仁は真顔になった。

「私をお母様の代わりにしようなんて考えないで！」

「……そうだね。私は雪子が好きだった。今でもずっと……たぶん死ぬまで好きだろう。だけどね、きみを雪子の代わりにしようなんて考えたこともないな。だいいち、きみは雪子に似ていないよ」

断言され、桜子は唸った。確かに……母を知っている人から似ていると言われたことはないけれど……

「私がきみと結婚したいのは、雪子と約束したからだ。雪子は体が弱くて、きみを産んだあと長く生きられるか分からなかった。だから私は約束したんだ。桜子のことは私が守るから、どうか心配しないでくれって」

智仁は愛おしむような目で桜子を見つめる。

「雪子は私に、どうか娘を守ってあげてと言っていた。私は彼女の望みなら、何でも叶《かな》えてあげたいんだ」

本当なのだとすぐに分かった。桜子は知っている。智仁は、雪子の名を使って嘘を吐いたりはしない。それをよく知っている。

「……私の半分は妖怪なのに?」

恐る恐る聞くと、智仁は苦虫を嚙み潰したような顔になった。

「確かに……きみの半分はいけ好かない男の血でできている。だがね、奴の娘でも私はきみを守りたいんだ」

その言い方に、桜子は気が付いた。

「智仁様……私のお父様を知ってるんですか?」

「ああ、知っているよ。私は雪子が奴と逢引《あいび》きしている場に、何度も乗り込んだことがあるからね。奴は幼かった私をいつもチビと呼んでいたな」

「そうなの!? 私のお父様って……」

桜子は身を乗り出して聞きかけ、そこで口を噤《つぐ》んだ。母を好きだった人に、父のことを聞くのはあまりにも無神経な気がした。

「大丈夫だよ。色々教えてあげよう。だからここにいるといい」

智仁は優しく笑った。その笑顔を見て桜子は今更ながら実感する。

ああ……私はこの人のこういうところが嫌いだったんだ……


「ねーえ、お前って案外意気地なしなのね。やだー、私たちお前のこと買いかぶってたのかしらあ？」

夜の縁側に腰かけた友景の隣に、美しい女神が御座《おわ》す。

神だというのに、そこいらの女みたいな態度で話しかけてくる。

この幸徳井家にいる神たちは、普段桜子の使用人の真似事《まねごと》をしている。常識では考えられない馬鹿げたことが、この家では当たり前に起きているのだ。

その女神――弁才天は見下すような目で友景を見ている。

「他の男に連れ去られるのを見て、すごすご退散って……嘘でしょ、だっさーい」

艶めく唇が暴言を吐く。

「そう言ってやるな、弁天。この小童《こわっぱ》にも考えがあるのだろう」

目の前の空をふわふわと泳いでいるのは、宇迦之御魂神だ。

「えー？　考えなんてあるのぉ？　言っとくけど、私たちってお前の味方じゃないのよねーえ。そこのとこ、分かってる？」

「……分かってますよ。そしてあなた方は、桜子の味方でもない」

「へーえ、ちゃんと分かってるじゃない。そうよお、私たちは桜子の味方じゃない。あの子が妖狐として覚醒したら、私たちあの子を始末しなくちゃならないのよね。この世の秩序を守るために。だからねえ……ちゃーんと桜子を捕まえてないとダメじゃない。あーあ、やっぱりこんな冴《さ》えない若造じゃダメなのかしらあ？　ねえねえ、ほんとに分かってる？　お前、桜子に振られそうになってるんじゃないのお？」

「あいつに触って平気な男は、俺以外に存在しませんよ」

友景は即座に言い返した。少しばかり苛立《いらだ》ちを感じたが、その感情は一瞬でかき消してみせる。神の前で心を揺らすのは危険なことだ。

しかし宇迦之御魂神がふわりと降りてきて、友景に顔を近づけてきた。

「桜子の婿よ。思い上がりは危険だ。桜子がうっかり他の男に惚《ほ》れてしまったらどうする？　傷つけてでも傍にいたい男が現れてしまったら？　しかと捕まえておけ」

厳しい意見に、友景は返す言葉を失う。それは内心恐れていることでもあった。

そこで横から白く美しい手が伸び、友景の隣に湯飲みを置いた。

「お茶をどうぞ、婿殿。私も一つ聞きたいのですが……そもそも、あなたは本当に桜子を好きなのですか？」

脈絡のない質問をしてきたのは吉祥天だった。

「もちろん好きですが」

友景は湯飲みを持ち上げながら答える。

「本当に？　桜子は、あなたがいずれ他の娘になびくのではないかと、不安に思っていましたよ」

思いもよらぬことを言われて友景はうっかり茶を零《こぼ》してしまった。吉祥天は使用人らしく手拭いで零れた茶を拭う。

「桜子は妖怪です。その血の力は強大で、人の血を容易く飲み込む。ですが……あの子は人として育ちました。桜子の感性は人間のそれです。妖怪をこよなく愛するあなたにとって、桜子でなければならない理由はあるのですか？」

問われて友景は黙り込む。優雅な女神の微笑みは、こちらの内側を刺し貫く刃《やいば》のようにも見えた。

彼女たちは……神だ。人のそれとは全く違う理《ことわり》で動く存在だ。使用人の真似事をしているが、些細《ささい》なことで機嫌を損ね、祟《たた》りをもたらすこともあり得《う》るのだ。

しばらく黙っていると――

「友景、ここにおったのか」

背後から枯れた声が聞こえ、振り返ると師である友忠が歩いてきた。女神たちはたちまちふわりと身を翻して消えてしまう。

「話があるんじゃが」

友忠は友景の傍に座って話を切り出した。

「何ですか?」

「花嫁衣装のことじゃ。仕立てを依頼した妖怪から、お前さんと桜子に衣装を見にきてほしいという話が来ておる」

「ああ、たしか妖怪に特別な花嫁衣装を仕立てさせているとか……」

「そうじゃ。それを下見してきてほしい」

「しかし、桜子が……」

「うむ、お前さんと喧嘩《けんか》して出て行ってしもうたな」

「いや、喧嘩はしていません」

「とにかく迎えに行ってくれ。桜子と一緒に、花嫁衣装を見に行ってほしいんじゃ」

「……分かりました。ところで、その妖怪とはどんな……?」

好奇心が勝ち、友景は聞いていた。

「うむ、その名を福鼠《ふくねずみ》という」

「福鼠? 聞いたことがありませんが……」

「彼らは特別な妖怪なんじゃよ。妖怪でありながら神の加護を受ける、神聖な存在じゃ。それゆえ、彼らの織った布で仕立てた婚礼衣装は、特別な力が宿る。わしらは代々それを必要としてきたんじゃ。幸徳井家の女には、特別な役割があったからの」

最後の一言をぼそりと言われ、友景は訝《いぶか》った。

「それは初耳です。何の役割が？」

「うん？　いや……それはよいわ。桜子とは何の関係もないことじゃからな。とにかく桜子を迎えに行ってくれ」

友忠はそう誤魔化し、友景を急《せ》かした。

「……分かりました。迎えに行ってきます」

友景はいささか気が乗らないながらも立ち上がった。

振りほどこうと思えばいくらでも振りほどけた優男の手を素直に受け入れてここから出て行った桜子の姿を思い出し、深々と眉間にしわを刻んだ。

第二章　二人の陰陽師、鼠の社に詣で痴話喧嘩せし語

雀《すずめ》の鳴き声で桜子は目を覚ました。

知らない天井が目に入り、一瞬自分がどこにいるのか分からなくなる。いささか戸惑いながら起き上がり、自分が智仁親王の別荘にいるのだと思い出した。

そういえば一月後には祝言を挙げなければならないのだ。それなのに、ここにいていいのかしら……ぼんやりと、そんなことを考える。けれど、今すぐ立ち上がって出て行こうという気にならないのは、友景の怒っていた顔を思い出してしまうからだ。

「おはようございます、桜子様」

柔らかな声がかかり、部屋に侍女たちが入ってきた。

「あ、おはよう……ございます……」

朝から美しい着物を纏っている侍女たちにいささか気圧《けお》され、桜子は中途半端に頭を下げた。

そして少しすると、桜子は見知らぬ美しい小袖に袖を通し、髪を梳《す》かれて身支度を

整えさせられていた。

「おはよう、桜子。よく似合っているね。私はちょっと出かけてくるから、ゆっくり過ごしていてくれ」

智仁はそう言うと、別荘から出て行ってしまった。

残された桜子はいったい何をして過ごしたものかと己の身と時間を持て余し、書院の縁側に座ってぼんやりと庭園を眺め始めた。

所在なく足をぶらぶらさせていると、侍女たちが静々と近づいてきた。

「桜子様にお会いしたいという方がお見えになっていますわ」

「え？　私に？」

桜子はどきりと胸が高鳴った。ぎくり——という方が近かったかもしれないが、どちらにしても鼓動が速まったのは、思い当たる相手が一人しかいなかったからだ。

私がここにいるのを知ってる人なんて、おじい様と景しかいない……

心の準備ができぬまま、桜子は客人を待った。すると、襖《ふすま》が開いてゆったりと人が入ってくる。その姿を見て、桜子は度肝を抜かれた。

「……紅姐《くれないねえ》さん!!」

思わず大声で叫び、立ち上がっていた。

入ってきたのは妙齢の美しい女性——桜子が姉のように慕う易者の紅だった。

少し前に家を失っていて、知り合いのところで世話になっていると文をもらっていたが、どこにいるかは知らなかった。

「心配してたのよ、どこにいたの？」

「ふふふ、どこってもちろん、ここさ」

紅は艶《なま》めかしく小首をかしげた。たったそれだけの仕草で異様な色香が匂い立つ。

桜子は久しぶりに見た紅の美貌に、ぽーっと見入った。

「智仁様は私のお客さんだからねえ」

「そうなの？　全然知らなかった！」

紅とも智仁ともずっと付き合いがあったのに、この二人が知り合いだとは全く思わなかった。

「私が竜巻で家をなくして難儀してただろう？　そうしたら、智仁様がここへ住まわせてくれたのさ」

「そうだったのね。よかった。ずっと心配してたのよ」

桜子は心底ほっとして表情を緩ませた。知らない場所で親しい人に再会した安堵も手伝って、その場にぺたりと座り込んでしまう。

紅は目を細めて微笑み、桜子の目の前にしゃがんだ。

「桜子さんは……可愛いねえ」

白魚のような手が桜子の頬を優しく撫でる。

「聞いたよ、あの坊やと祝言を挙げるそうじゃないか」

唐突なことを聞かれ、桜子はぎくーんと体を強張《こわば》らせた。

「智仁様に聞いたの？」

「ああ、本当なのかい？」

「……分かんない」

桜子は力なく答えた。

「分からないのかい？」

「だって……景は本当に私が好きなのかしら？」

「どうしてそう思うんだい？」

だって、妖怪はこの世に数え切れないほどいる。桜子より可愛い妖怪なんていっぱいいて、友景が桜子を選んだ理由はただの同情心かもしれない。考えれば考えるほど分からなくなってしまうのだ。

「何をそんなに悩むの？　桜子さんはこんなに可愛いのに」

紅は桜子の手を握った。その手つきがあんまり優しくて、慈しまれているような気持ちになる。

お母様が生きてたら、こんな風だったのかな……

紅が桜子を好きだということを、桜子は疑わない。この美しく賢く優しい人は、桜子のことを本当に大好きなんだと思う。その気持ちをほんの少しも疑ったことはない。なのにどうして、友景が桜子を好きだということを、心から信じられないんだろう？　すぐに飽きられてしまうかもと、疑うのはどうしてなんだろう？　何がこんなに怖いんだろう？

考えても考えても答えは現れてくれないのだ。

「考えるの疲れちゃった。どうせ私は馬鹿で鈍いんだから」

桜子は思わずため息を吐く。

「どうして？　桜子さんはとっても優秀な陰陽師で、すごいことがいっぱいできるのに、どうしてそんな風に思うんだい？」

「……紅姐さん、優しい」

なんとなくじんとして、桜子は紅の肩にぽすんと寄り掛かった。

「姐さんが男の人だったらな……そしたら私、紅姐さんをお婿にしたのに」

紅は八卦《はっけ》の達人だし、一緒にいると桜子は心から安心できる。けれど……友景と一緒にいて安心できたことなんか一度もない。

「ええ？　何を言ってるのさ」

紅はなんだか恥ずかしそうに頬を染め、くすくすと笑う。

「結婚したくなければしなくたっていいんだよ？」

「……したくないわけじゃないけど」

「じゃあ、結婚したいのかい？」

結婚したい？　したいのか？　私は。

「……景は私を化け物だから好きだって言うの」

ぽつりと零すと、紅の美しい顔がかすかに強張った。

「それが辛《つら》いのかい？」

「……ううん、別にそれは嫌じゃない。私は私が化け物だってこと、ずっと前から知ってたし、そういう自分を気に入ってた。だから私、景がどうして私を好きになったのか、分からなくなっちゃったの」

桜子は一瞬ぐっと喉が絞まるような気持ちがしたが、誰にも言えなかったことを初めて打ち明けたいと思った。

「私は妖怪の血が入っているけど……半分は人間だわ。だから……あいつはいつか、心も体も生まれも育ちも全部完全に完璧に妖怪で、人間の要素なんか全然ない女の子を好きになるんじゃないかしら？」

するとと紅は、啞然としたように目を見開いた。

「景にとって、人間の血が入ってる私の半分は魅力的じゃないと思う」

「なんて馬鹿なこと言うのさ！」

珍しく、紅が声を荒らげた。そのことに桜子はびくりとする。この美しい人が感情的になるところはあまり見たことがない。

「桜子さんのお母様は、きっとこの世で一番美しくて愛らしくて素晴らしい女性だったに違いないよ。その人の血が、魅力的でないはずがないじゃないか」

「……紅姐さん、私のお母様に会ったことなんかないでしょ？」

「桜子さんを見れば分かるよ。桜子さんを産んだ人なんだからね、桜子さんはお母様のこと、何も覚えていないかもしれないけど……」

「覚えてるわよ」

「え？　そうなのかい？　桜子さんのお母様は、たしか桜子さんを産んですぐ……」

「死んでしまったけど、私はお母様のお腹にいた時のこと覚えているから」

「へえ……そうなのかい」

紅は心底驚いた顔になった。確かに、生まれる前のことを覚えているなんて珍しいことなのだろう。同じようにそのことを驚いていた友景のことを、記憶力が悪いなんてからかったこともあるけれど……

「お母様のことは覚えてるわ。お父様のこと、私にずっと話して聞かせてくれたのも覚えてる。お父様はとってもカッコよくて優しくて素敵な人だったんだって」

まさかそれが九尾の妖狐のことだなんて、桜子は夢にも思わなかったけれど……

「へ、へえ……そうなのかい」

紅は何故か、うっすら頬を染めて目を逸《そ》らした。

人の親の惚気なんて、聞かされても困るか……

「変なこと言ってごめんね、紅姐さん。私、お母様のことはうんと大好き。お母様が私を好きだったことも知ってるもの。だから……景が私の人間の部分を嫌いだって思ってたら……すごく……嫌だな」

するると、紅はたちまち真顔になった。その美貌が鋭さを増してより美しくなり、同時に少し、怖くなった。

「それは本当に許せないねえ……」

「姐さん……何か怒ってる？」

「桜子さんを悲しくさせてるあの坊やに腹が立っているんだよ」

「……景は変な奴だけど、悪い人間じゃないのよ」

「そうだねえ、悪い人間じゃないってのは、良い男ってのと直結しないけどね」

桜子はうぐっと黙り込んだ。確かに……友景は良い男……とは違うような……

「桜子さんにはもっと、相応しい生き方があるんじゃないかい？　辛いことなんて考えず、好きなように生きる方が似合うんじゃないかい？」

歌うような誘うような艶めかしい声が耳朶《じだ》を打ち、胸の中にとろりと入ってくる。うっとりと聞きほれて、頷いてしまいたくなるような心地よさ……

だけど桜子は、ぎゅっと拳を固めて首を振った。

「そりゃあ、いつまでも結婚しないで好きなようにしてたっていいのかもしれないけど、私は幸徳井家の陰陽師だから。立派な婿を取って家を再興しなくちゃ。それが私の一番やりたいことなんだから」

あの家に生まれたことが自慢だ。だから、それをみんなに誇りたい。それができる自分になりたい。そう思うのは幼稚だろうか……？

「そう……残念だねえ」

紅はゆっくりと手を伸ばし、桜子の頬に触れようとした。その時——

「桜子、戻ったよ」

軽やかな声とともに襖が開かれ、外出していた智仁が戻ってきた。

彼は部屋を見回し、桜子と紅の姿を認めると、一瞬表情を険しくした。

「紅殿……いたのですか」

「おやおや……私がここにいちゃいけないのかい？　智仁様」

紅は妖しい微笑みを浮かべて智仁を手招きする。

智仁は緊張の面持ちでごくりと唾を呑《の》み、表情を取り繕って近づいてきた。

「あなたに指図できる人間など、いようはずもありません」

紅の前に座って微笑んでみせる。

「そう……いい子だねえ。智仁様は、私の味方だろう？」

紅が妖しい笑みを深めると、智仁は唇を笑みの形に保ったまま青ざめた。

桜子はそのやり取りを見て首を捻った。

何だろう……この妖しい空気は。智仁様、紅姐さんに弱みでも握られているのか？

それともまさか……この二人、ただならぬ関係なのでは……？　そうだ……そうでなければ一つ屋根の下に泊まるなんて……

想像し、桜子はかーっと頰を紅潮させた。

「桜子さん、何を考えているんだい？」

紅が赤く染まった桜子の頰をつついた。

「いや、二人の関係を詮索しようなんて思わないから。紅姐さんが智仁様のお嫁さんになったってかまわないと思うし」

桜子が慌ててそう言うと、紅は苦笑し、智仁はひいっと呻いた。

「私がこの方を!?　冗談はやめてくれよ！　鳥羽《とば》上皇じゃあるまいし……」

怯えたようにぶんぶんと首を振る。

桜子はまた首を捻る。鳥羽上皇って……誰だったたっけ？

「とにかく恐ろしいことを言うのはやめてくれ。私は、この方が快適に身を隠しておけるよう努めているだけの下僕に過ぎない」

なるほど、紅ほどの美女なら狙う男は多いだろうから、身を隠すのも分かる。桜子はそれで納得し、うんうんと頷いた。

「智仁様に新しい恋人ができてお母様を忘れられるならいいことだと思うわ」

「だからやめてくれって……」

「おやおや、何の話だい？」

紅の声が艶を増した。智仁はごくりと唾を呑む。

「智仁様は……桜子さんのお母様を慕っていたのかい？」

からかうような笑みを向けられ、智仁はぎろりと彼女を睨み返した。

「あなたには関わりのないことですよ」

「紅姐さん、やきもち焼いたりしないで！」

まずいことを言ってしまったと、桜子は慌ててとりなした。

「そうだねえ……妬《や》いてしまうよ」

紅はくすくすと艶《なまめ》かしく笑う。

「冗談はやめてください。私が結婚を望む相手は桜子です」

智仁は憤慨したように断言した。途端、紅の目が鋭くなった。

「へぇ……それは聞き捨てならないねぇ」

酷く怒っているようなピリピリとした空気が彼女の周りに流れる。

智仁は真っ向からその美しい瞳を睨み返した。桜子は、思わず息を呑む。

この部屋だけ、空気が石になってしまったかのようだ。桜子がその重みに耐えられなくなったその時、

「殿下……お客人が……！」

部屋の外から侍女の焦り声がかけられた。

一同がはっとして襖の方を見るが、その襖は開こうとせず――

「お邪魔します」

真逆から声がした。みな驚いて振り向くと、縁側の向こうに一人の男が立っていた。

「景！」

桜子は思わず呼んでいた。そこにいるのは紛れもなく友景だった。

友景は部屋の中に目を走らせ、桜子の傍にいる紅にその視線を止めた。驚きと歓喜の色がその瞳に上るのを桜子は見た。

「何しに来たの」

桜子の口から険のある声が出た。彼の目が桜子だけを見て、迎えに来たよと言ったなら……桜子はすぐに彼の傍へ走り寄ったかもしれないけれど、彼は全くこちらを見

ておらず、その瞳は紅一人を映している。

「お前を迎えに来た」

友景は一瞬桜子を見てそう言い、また紅を見つめる。

凝視された紅は、苦い顔で立ち上がった。どことなく、恐れを感じているようにも見える。当然だ……こんなのにつきまとわれて怖くないはずがない。

「景、一人で帰ってよ。私はあんたと一緒になんか帰りたく……」

桜子の言葉を聞きもせず、友景はダンと縁側を踏んで部屋に飛び込んできた。彼の瞳に凍《い》てつくような気配を感じ、総毛立つ。その目はやはり紅だけを映しているのだ。

紅姐さんが危ない……！　何故か瞬間的にそう感じた。

「景！　やめて！」

桜子は叫びながら友景に飛び掛かった。横から体当たりし、床に引きずり落としてのしかかる。

友景の体は異様に鍛えられていて人間離れした力を有している。が——桜子の体は人間離れどころか紛れもなく人外のもので、純粋な力比べなら桜子に勝てる人間などこの世には一人もいない。

歯を食いしばり、ぎりぎりと力を込めて桜子は友景を押さえつけた。

「……いてえよ」

友景が不満そうに呟く。

「あんた、紅姐さんに何しようとしたの」

「話をしようとしただけだ。逃げられないように」

「困ったねえ……」

襲われかけた紅が友景を見下ろして囁《ささや》いた。

「私はお前さんと話すことなんか何もない。一人でお帰りよ。私に近づくと……喰っちまうよ」

濡《ぬ》れた舌が艶やかな唇を妖しく舐める。

「嫌ならお帰り」

そう言って紅は背を向け、優雅な足取りで部屋から出て行った。

逃げられたと悟ったのか、友景の体から力が抜けるのを感じる。桜子は押さえつけていた友景を解放し、へたりと床に座った。

「あんた……いくら姐さんが魅惑的だからって、あんな乱暴……」

「帰るぞ、桜子。これから花嫁衣装の下見に行く」

「……は!?　いきなり何の話？」

桜子は驚き、呆れ果てた。

「いきなりってことはねえだろ。お師匠様から話を聞いてただろうが」

「それはそうだけど！」

目の前で他の女に飛び掛かっておいて、どうしてそんなことが言えるのか……しかも昨日はなんだかわけも分からず不機嫌だったくせに……理解できない。

「あの人にも祝言に来てほしかったんだけどな……」

友景はちらっと紅が出て行った方を見て呟いた。

「え、紅姐さんに？」

「ああ、うん」

「……呼べばいいじゃない」

そんなに紅が好きなら呼べばいい。というか、彼は妖怪が好きなくせにどうして紅にここまで執心するのだろう。妖怪とか人間とかの枠を超えて、彼女が魅力的だということだろうか。そう思うと、何だか……

しかし友景はがっかりしたように首を振った。

「あの人は陰陽師の祝言になんか来ねえよ」

「そりゃあ陰陽師と易者は商売敵かもしれないけど……」

「とにかく行くぞ。話は後でしよう」

そこで初めて友景は智仁を見た。その目に、桜子はぞっとする。

「桜子、俺は人間に、興味がないんだ」

彼は唐突にそんなことを言う。感情が欠落したかのような虚無の瞳。

「柳生の父にも母にも兄にも、興味がない。俺が辛うじて尊敬の念を抱けるのはお師匠様くらいで、本当に誰にも興味がない。申し訳ないと思うくらいに。だが……」

智仁を見据えたまま彼は言った。

「俺は生まれて初めて、人間を嫌いになりそうだ」

こんなに……何かを怖いと、思ったことはない。桜子は射竦《いすく》められて身動き一つとれなくなった。

「だから……頼むから、俺と一緒に来て」

と、そこで友景は急に頭を下げた。その変わり身にぎょっとして、桜子は戸惑いながら彼の顔を覗き込んだ。友景は、妙に頼りない顔をしていた。

「えっと……わ、分かったわよ。行くわよ」

思わず桜子は言っていた。すると友景は顔を上げ、ぱっと嬉しそうに笑った。

理由もなく、桜子は彼をぶん殴ってやりたいような気持ちがした。

一つため息を吐いて美しい打掛を脱ぎ、振り向く。

「智仁様、お招きありがとう。もう帰るわね、また来るから」

ひらひらっと手を振って、桜子は小袖で庭に飛び降りた。

「草履借りるわね」

そう言うと、友景の手を引っ張ってこの場から去ろうとした。

「桜子！　忘れないでくれ。きみに一番ふさわしいのは私だ」

智仁が桜子の背にそう叫ぶのが、最後に聞こえた。


気まずいという言葉の意味を教えてくださいと言われたら、この光景を見せればいいと思う。

桜子は友景の手をつかんだまま、洛中《らくちゅう》への道を歩いていた。

智仁の別荘からずいぶんと歩いたが、その間に会話は全くない。

しかし手を放すのもはばかられ、気まずさの沼に身を浸しながらひたすら歩いているのだった。

対する友景は別段気まずさを感じているようにも見えず、何となく難しい顔をして黙り込んでいる。

「……花嫁衣装ってどこで仕立ててるの？」

桜子は気まずさに耐えかねてとうとう聞いた。

「……神山《かみやま》」

「神山って……上賀茂《かみがも》の？　あんなところでどうやって仕立ててるの？」

会話が生まれたことに安堵しながら更に問う。

「陰陽師の花嫁衣装を代々仕立てている妖怪がいるんだそうだ」

「へー……あんなところにいるの」

それにしてもどうして妖怪に……？　自分で仕立ててはダメなのか？　いや、縫物は苦手だから、仕立てろと言われても針を投げるしかないのだが……

「遅くなるのも困るな。走っていくか」

「いいけど、かなりあるわよ？」

「しんどいか？」

「誰に言ってるのよ」

桜子は友景の手を放し、走る態勢に入った。しかし友景はそこで急に立ち止まり、上空を見た。

「いや……やっぱり走るのはなしだ」

桜子も続いて上を向く。すると、鰯雲《いわしぐも》の空を優雅に羽ばたいてくる巨大な鳥の影が見えた。

「あれ？　波山《ばさん》？」

それは以前、友景に命を救われた怪鳥の姿だった。

波山は大きな声で鳴きながら、ひとけのない農村の通りに舞い降りた。辺りは田んぼばかりで、巨大な怪鳥が悠々と羽を広げられる。

クエエと甘えるように波山は鳴いた。

友景はそんな怪鳥に優しく笑いかけ、その翼を撫でてやる。彼に助けられて以来、この波山は幸徳井家に住みついているのだ。友景もこの怪鳥を可愛がってやるものだから、波山はいつも彼に甘えている。

「神山まで乗せてくれるか？」

友景が問いかけると、波山は承知するように翼をばさーっと大きく広げてみせた。

クエエエエ！

「ありがとうな」

友景は波山の鳴き声に礼を言い、怪鳥の背に飛び乗った。

「桜子、乗れ」

「……じゃあ、私もお願いね」

桜子はそう言うと、同じく波山の背に乗る。

波山はクエエともう一度泣き、思い切り羽を広げてちょっと気取った風に構え、勢いよく走り出した。長い通りを走りぬけ、勢いよく飛び立つ。風圧に一瞬目を閉じ、開いた時には空にいた。ものすごい速さで波山は飛んで行く。

「これならすぐに着きそうだ」

友景は波山の背をよしよしと撫でる。

優しそうな顔……私には、あんまり見せない。この顔が妖怪にだけ向けられるものなら、やっぱり私の半分はこいつにとっていらない部分なんじゃない……？

嫌だな……お母様からもらったもの、そんな風に思いたくないのに……

おかしいな……私はもっと、自分に自信があったはずなのに……何で今、こんなに怖いと思ってるの……？

嫌な気持ちが押し寄せてきて、桜子はぶんぶんと首を振った。

「どのくらいで着くの？」

少しも動揺なんかしていないという風に尋ねる。

「真っすぐ飛ぶだけだからな。四半時もかからねえよ」

友景の返答も落ち着いたものだった。

機嫌はまだ……悪いのだろうか……

「あのさ、話って……何？　さっき、後で話そうって言ったじゃない」

「ああ……うん」

相槌《あいづち》を打ったきり、友景は口を噤んだ。

「言ってくれないと分からないんだけど。私は鈍いんだから。どうして機嫌が悪いのかくらい、教えてよ」

「……お前が嘘を吐いてたのが気に入らなかったんだろうな」

友景は一度振り返ってそう言った。

「何それ。嘘を吐いた覚えなんかないわよ」

「吐いたじゃねえか。お前、あの男を嫌いだと言っただろ」

「え？　言ったけど……」

「嘘だろ。お前、あいつを嫌いじゃないだろ」

「……それは……嘘というか……」

桜子は言いよどむ。自分が危険な生き物だと自覚している桜子にとって、人を遠ざけるのは当たり前の習慣だ。

「危ないから近づくなじゃなくて、嫌いだから近づくなと言ったよな。強い言葉を使ってあいつを遠ざけようとした。それくらい、大事な相手なんだなと分かった」

「大事っていうか……」

何やら追い込まれた気分になってゆく。

「お前は昔から、強い男が好きだよな」

それはまあ……本当だ。自分が触っても壊れない男をずっと探していたのだから。

友景はため息まじりに言った。

「あいつはお前が触ったらすぐに壊れるぞ。強いところなんてちっともない。あいつは少しもお前の好みじゃないはずだろ。なのにお前は、弱っちいあいつを気に入ってるんだな」

「……それは、私が責められるようなことなの？」

そんなことで自分は彼に軽蔑されてしまったというのか……

何となく腹が立って言い返すと、友景は顔を背けて前を向いた。

「いいや、全く責められることではねえよ」

そこで会話は途切れてしまう。

桜子はじわじわと腹立ちが増してきた。どうして……こんなことを言われなくちゃならないんだろう。だけど、彼が言ったことは真実でもあった。

桜子にとって、智仁は特別な人だ。昔から、母の話を聞かせてくれた。身内のような気がしている。だけど彼は弱いから……桜子は彼を嫌いだと言い続けてきたのだ。

それは桜子にとって、一番の思いやりでもあった。

嫌いだから近づくなというのは、好きだから傷つけたくないという言葉と同義だ。

重苦しい沈黙を乗せたまま、二人はわずかな空の旅を続けた。

波山は神山の上空にたどり着くと高度を下げ、少しだけ開けた岩場を見つけて降り立った。桜子と友景は同時に波山の背から降りる。

「ありがとうな。俺たちはしばらく用事があるんだ。ここはお前の故郷にも近いだろうから、好きなように遊んでおいで。困ったことがあったら俺を呼ぶんだぞ」

友景が波山の首筋を叩くと、波山は嬉しそうに首を動かし、大きな翼を広げて再び空に舞い上がった。

それを見届け、友景は辺りをぐるりと見回した。何かを探すようにじっと目を凝らし、岩場の向こうに大きな杉の木を見つけると、そこに向かって歩き出す。

桜子が訝りながらついてゆくと、友景は杉の木の根元をかき分けて、人の片足が入るくらいの穴を見つけた。

「……ここだな」

呟き、懐から竹の皮の包みを取り出す。それを開くと、中には白くつやつやとした握り飯が入っていた。友景はそれをそっと穴の中に落とした。

途端、地面がかすかに揺れた。ゴゴゴゴゴと音がして、穴がひび割れ、広がり、人が通れるくらいの大きさになる。

「お邪魔します」

友景はそう言うと、地下へと斜めに繋がっている穴を滑るように下り始めた。

「え！　ちょっと待って！」

桜子は慌てた。

「桜子、来い」

友景は下りながら呼びつけてくる。

どうして何の説明もせず……少しイラッとしながらも、桜子は言う通りに穴へ飛び込んだ。

滑るように地下へ下りてゆくと、真っ暗な空間に落ちて尻もちをつく。

「いった……」

尻をさすりながら起き上がり、暗闇の中を凝視した。

「……何かいる」

桜子の目は、闇でもものを見通す。闇の中、小さな何かが周りで蠢いているのが確かに見えた。

ぐっと腰をかがめて臨戦態勢になった瞬間、暗闇にぽうっと明かりが灯《とも》った。

眩《まぶ》しさに一瞬目を細め、辺りの光景をはっきりと視認して仰天する。目の前には、地下と思えぬほど広い空間があり、そこに朱色の柱と白壁で造られた美しい社《やしろ》が建てられていた。

社に目を奪われていると、不意に小さな鳴き声が下方から聞こえ、桜子はその声を追って下を向く。そしてまた瞠目《どうもく》する。足元に、純白の鼠がずらりと……百、二百、三百、いやもっと……群れを成しているのだった。普通の鼠よりいささか大きく、全員が前足を上げて立ち、人間と同じような着物を着て、桜子と友景を見ている。

桜子が思わず後ずさりしかけると、友景に肩を抱き寄せられて身動きできなくなった。

「危ないから動くな」

「え……こいつらは敵なの？」

ぎくりとしながら聞くと、友景は渋い顔で首を振った。

「足元をちゃんと見ろ。後ろにもたくさんいるだろ。踏んづけたら怪我をさせてしまうだろうが」

言われて後ろを見ると、すぐそこに白い鼠が集まっている。

「こいつらの心配ってこと？」

さっきの言い合いが尾を引いて、なんだか棘《とげ》のある声が出る。

「この状況でどうして俺がお前の心配をするんだよ」

きっぱり言われてまた腹が立ったが、彼らの小ささを考えれば仕方がないのかもしれない。桜子とて、彼らを踏んづけたくはない。

桜子が友景に肩を抱かれたままじっとしていると、

「お待ちしておりました、陰陽師様」

小さく愛くるしい声がして、鼠たちの中から一匹が前に歩み出てきた。その鼠は他の鼠たちよりずいぶんと小さく、純白の体に花柄の赤い着物を着ている。

「桜子様と友景様でいらっしゃいますね？　どうぞ社へお入りくださいませ」

赤い着物の白鼠は、目を細めて小首をかしげた。仕草が妙に可愛らしく品があり、見るからに女の子という風情だ。

「私たちを知ってるの？」

「幸徳井家の跡を継がれる陰陽師様ですわね？　もちろん存じ上げております。どうぞ中へ」

赤い着物の白鼠は静々と歩き出して、桜子と友景を社へと誘った。他の鼠たちはざざっと道を開けて、二人を歓迎する様子を見せている。

友景が桜子を放して歩き出したので、桜子は警戒心を残しながらも後に続いた。

ぴかぴかに磨かれた板の間に通され座っていると、着物を着た四匹の白鼠たちが二組、茶托《ちゃたく》にのせた湯飲みを神輿《みこし》のように担いで現れた。

鼠たちはせっせと運んできた茶を、桜子と友景の前に置く。

鼠に……もてなしを受けている……初めての経験に桜子は戸惑う。

目の前には、立派な着物を着た少し体の大きい鼠と、最初に出迎えてくれた赤い着物の鼠が並んでいた。

「お初にお目にかかります、幸徳井家の陰陽師様。私は福鼠の長《おさ》、忠兵衛《ちゅうべえ》と申します。ここにおりますのは娘の夜目子《よめこ》でございます」

名乗り終え、二匹の鼠は深々と頭を下げた。

反射的に桜子と友景も頭を下げた。

福鼠……初めて聞く名だ。妖怪の一種……のようではあるが、ただの妖怪ではないように思う。その白い体を見るに、神の使いかもしれない。

「私はこのたび幸徳井家に入ることとなりました、柳生友景と申します。あなた方が、代々幸徳井家の花嫁衣装を仕立ててくださっていると聞いておりますが」

友景は丁寧に挨拶をした。

「はい、お呼び立てして申し訳ございませぬ。花嫁衣装を完成させるためにはお二方のお力が必要なのです」

長の忠兵衛が頷きながら答えた。

「お見せいたしますので、どうぞこちらへ」

二匹の鼠たちは立ち上がり、ちょこちょこと歩いて部屋から出た。桜子と友景はそれに続く。廊下を歩き、突き当りの階段を上り始める。

その階段は、人間が使うのと同じ大きさで、小さな鼠が使うには大きすぎる。

「何故自分たちに合わせて小さな社を作らないの？」

桜子は不思議になって聞いてしまった。この社はどこを見ても、人間の体に合わせて作ってある。小さな鼠の住まいとは思えないのだ。

すると長の忠兵衛は、ちゅーちゅーと鳴きながら笑った。

「鼠とはそういうものでございますよ。私どもの一族は、都のいたるところに潜み、人々の営みに紛れて暮らしております」

長はそう言って身の丈ほどもある階段をひょいひょい上り始めた。夜目子も父に続いて階段を上ろうとして――しかし、体が小さすぎるのか上手く上れない。

「夜目子や、頑張って上りなさい」

先に上った忠兵衛が厳しく励ますが……

「福鼠のお嬢さん、ちょっと失礼しますよ」

友景がそう言って、夜目子の小さな体を持ち上げた。両手でそっと包むようにして、揺らさないようゆっくりと階段を上り始める。

「友景様、私は一人で大丈夫ですわ」

夜目子は困ったように言う。

「ですが、お嬢さんは社に入る時も部屋に入る時も、段差にずいぶん難儀していたようです。他の方々よりお体が小さくていらっしゃるから。余計なことだと思いましたが、女性が困っていると手を貸したくなってしまうものなんです」

友景は手の中の夜目子に囁きかける。

「……長の娘のくせに、体が小さくて頼りないとお思いでしょう？」

「可愛らしくて素敵なお嬢さんにしか見えませんが？」

「まあ……お上手をおっしゃって」

夜目子は恥ずかしそうに身を縮めた。

桜子は階段の下で呆然《ぼうぜん》とその様子を見上げていた。

こいつ……私の前で女の子を口説いてるのか？

「私なんて、褒めていただくようなところはありませんわ」

「逆に聞きますが、あなたの褒めなくていいところはどこなんですか？」

いや……なんでぐいぐい行ってるの？

「友景様、娘をあまり甘やかさないでくだされ。長の娘たる夜目子には、もっと強くなってもらわねばならんのです。小さく生まれついてしまいましたが、いつまでも弱いままではいかんのですよ」

先頭を行っていた忠兵衛が振り返って咎めた。友景はすまなそうに苦笑する。

「申し訳ありません。俺はどちらかというと、女性を甘やかす方が好きなので」

その発言に、桜子は今度こそ唖然とした。

女性を甘やかす……？　何の冗談だ？　剣術の稽古で私をボロ雑巾みたいに叩きのめしたのはどこの誰？　じゃあ何か？　私はあんたにとって女性ではないと？

ダン！　と大きな音を鳴らし、桜子は階段に足をかけた。そのまま一気に駆け上がり、友景の隣に上る。

「どうした、桜子。顔が怖いぞ」

訝る友景の手から、桜子は夜目子を奪い取った。

「きゃ！」

小さな悲鳴が手の中から漏れる。桜子はその声の主を睨みつけた。手のひらにすっぽり収まるほどの小さな体。真っ白な毛並みはふわふわで……本当にふわふわだ。つぶらな瞳が怯えたように桜子を見上げている。鈴を転がすような声、おしとやかな立ち居振る舞い。

……可愛すぎる……

桜子はしばし彼女を睨み、どかどかと足音荒く階段を上って上の階へ着いた。そして夜目子をそっと床に下ろす。

「あ、ありがとうございます」

夜目子はびくびくしながら礼を言った。

「いえ、大丈夫です」

桜子は我ながら意味不明な言葉を返し、今度は階段を駆け下りた。

「おい、桜子？」

階段の途中で訝る友景の前に立ち、彼の胸ぐらをつかむ。憤怒の形相で見据えるが、友景はけろりとしている。頭の中がカーッとなり、桜子は彼の衿《えり》を破れるほど引っ張って――彼の唇に、口づけた。ほんのちょっと唇の先が触れるだけの淡い口づけ。

一呼吸もしないうちに離れ、一拍おいてはっとする。

私……今、何した？

「……桜子」

「違うから！」

頭の中が真っ白になり、とっさに叫ぶ。

「こんなの……こんなのちっちゃい頃からおじい様と何度もしてるし！　特別ななんかあれなことがあるわけじゃなくて！　深い意味とか……」

「落ち着け、桜子。大丈夫だ。俺も昔、父さん母さんとよくしてた」

混乱の渦に陥っていた桜子の肩を叩き、友景はあっさりと言った。

桜子は口を中途半端に開いたまましばし固まり、火を吹くように赤くなった。

「分かってるわよ！　変なことしてごめんって言ってるでしょ！」

「いや、言ってねえよ」

「うわあああん！　馬鹿！」

桜子は友景を突き飛ばし、どたどたと階段を駆け下りた。呆気《あっけ》にとられる一同を置き去りに、桜子はそのまま走って社を飛び出した。

第三章　幸徳井桜子、行き倒れし旅の法師を拾ひたる語

「桜子様と友景様は、仲睦まじくていらっしゃるのですね」

階段の上から見ていた夜目子が、気遣うように言った。

「そうですね、仲良しだと思ってるんですがね」

友景が階段を上がると、夜目子はちょっと目を細めた。

「友景様、お顔が赤くていらっしゃいます」

「ああ……お見苦しいところを……初めてだったので、ちょっと照れます」

「まあ……」

友景が隠すように手で頬を擦《さす》っていると、夜目子は小さく笑った。

「あいつ、勝手に帰ってしまって……すみません」

友景はいきなりいなくなった相棒の代わりに頭を下げた。

半分は、自分に責任があると思う。ここに来る前言い争ったことを思い返す。まったく……みっともないことをしてしまったなと、思い出すだけで唸りそうになる。

もっとも、桜子はあからさまな友景の心情を全く理解していないようだったが……

するすると、物珍しそうに成り行きを見守っていた忠兵衛が含み笑いで近づいてきた。

「桜子様も、恥ずかしくなってしまわれたのではありませんかな？」

彼は顎をさすりながら推測する。

「さあ、どうでしょうね。あいつの考えてることは……よく分からないですね」

「仕方ないですな、今日は友景様にだけお願いしましょう。こちらです」

そう言って、忠兵衛は二階にある部屋の襖を全身全霊込めて開けた。

中を見ると、そこには鮮やかな深紅の花嫁衣装が掛かっていた。

「これはまだ、完成しておりません。これから呪術を施さねばならず、そのためにはお二人の体の一部が必要です。今日はそのために来ていただいたのですが……桜子様には後日お願いしましょう。完成したあかつきには、お二人の婚礼のためお納めいたします。それが我らの約束でございますからね」

「そう聞いています」

「ですが……」

忠兵衛の声がわずかに低くなった。

「これをお納めするにあたり、一つ頼みごとがあるのです」

「何でしょう？」

急に話が変わってきたなと思いながら、友景は聞き返す。

「人を一人、仕留めていただきたいのです」

「はあ……誰を、何のためにです？」

友景は別段深い警戒心もなく更に聞いた。

目の前の彼らは妖怪だ。そういうものが人間ごときの命を要求したところで、友景は特別驚きもしない。

食べたいのかなとか、何か恨みでもあるのかなとか、多少考えはするが、そこに恐ろしさはついてこない。

そしてこういう自分の感覚が、まともな人間のそれと著しく乖離《かいり》していることも知っている。

「俺に仕留められる相手ならいいですが……」

殺すこと自体はできようが、それを成したあと幸徳井家に災いが降りかからぬようきちんと手を打っておかなければならないだろう。簡単に言えば、お偉いさんを殺すなら慎重にということだ。

「あなたのことは、よく知っていますぞ。あやかしに育てられた人の子よ」

忠兵衛は真っすぐに友景を見上げて言った。

突然の言葉に、友景は一瞬息を止めた。

「人は人の命を要求されれば、警戒し、拒みましょう。ですが、あなたは違う。あなたならば容易く仕留められると信じております」

友景が答えずにいると、忠兵衛の表情がわずかに曇った。

「私はあなたを傷つけることを言ってしまいましたかな？」

「……いえ、少し驚いただけです。父と母をご存じですか？」

「いや、噂《うわさ》に聞いただけなのです。今でも父と母と呼ぶのですな。ご両親はあなたを大切に育ててくれたのですか？」

「はい、とても」

友景と忠兵衛の間にしんみりとした共感が沸きあがった。

忠兵衛はちょこちょこ近づいてくると、友景の足をぽんと叩いた。そこには年長者らしい思いやりが感じられて、友景は目線を近づけようとその場にしゃがんだ。

「友景様、私もご両親と同じ気持ちです。子らには平穏を与えたい。故にお頼みするのです。あやつを滅していただきたいと」

「……分かりました。相手は誰ですか？」

友景がもう一度確認すると、忠兵衛はその覚悟を受け取ったように頷いた。

「その者は、危うい力を持ちあやかしを惑わす危険な人間……魅入られたあやかしはみなおかしくなってしまうのです。都の外れ……八条と呼ばれる通りに作られた館の主《あるじ》。名を、八条宮智仁……と、いうとか。あれは我らの、敵なのです」

友景は大きく息をつき、頷いた。

困ったことになったな……と、思った。


「ああああああああ！　馬鹿馬鹿馬鹿！　私の馬鹿！　うああああああ！」

桜子は恥ずかしさで四肢が千切れ飛びそうな気がしながら山を駆け下りた。

何した私！　何であんなことした！　頭がどうかしちゃったか!?

「おじい様ああああ！　先生ええええ！　助けてええええ！」

叫びながら人里におり、農村を駆け抜け、畦道《あぜみち》で石につまずき素っ転ぶ。

ずざざざざとすごい音をさせて地面を滑り、死体のようにしばし突っ伏す。

ややあって起き上がり、土を払ってとぼとぼと歩き出した。

「うちに帰ろ……」

家出なんてするからこんな変なことになってしまったのだ。そうに違いない。うちに戻ればみんながいて、きっと全部元通り。もう二度とあんな変なことは……

「うわああああああ！　悪《あ》しきものを払いたまえ！　急々如律令《きゅうきゅうにょりつりょう》！」

また思い出し、懐から呪符を取り出して振り回す。

「大丈夫……景だってあんなのすぐ忘れるはずだから……いや！　何であんな平気な顔してるのよ！」

こっちがこんなに取り乱しているのに！

頭を抱えてまた喚《わめ》く。

ダメだ……精神がもたない……

桜子はよろよろと力の入らない足を拳でガツンと殴りつけた。

「こういう時は！　走ろう！」

一人宣言し、また走り出す。

「ううううう……景が帰ってきたらどうしよう……」

走りながら呻き、また自分を叱咤《しった》し、走り、喚き……そんなことを繰り返し、桜子は幸徳井家が見える千本通へ帰りついた。

この道は墓所へと続いている。けれど桜子にとっては生まれた家に帰るための安心できる道なのだった。

ほっとして足を緩め、てくてく歩いていると——目の前にばったりと人が倒れているのを見つけて桜子は立ち止まった。

古びた黒い小袖の男だ。どう見てもただ事ではない。

「ちょっと、大丈夫？　行き倒れ？」

桜子は男に駆け寄り、横にしゃがんで肩を揺すった。

「うう……腹が……」

男はぴくぴく震えながら呟き、ぐううううと腹を鳴らした。

やはり行き倒れだ。桜子は立ち上がって走り出し、道の先にある幸徳井家の屋敷に飛び込んだ。台所から蒸《ふ》かした子芋の残りをいくつか籠に入れて、また屋敷から出てゆく。駆け戻ると、男はまだ道に倒れていた。

「これ、残り物で冷えてるけど食べて」

桜子はぱぱんと男の頬を叩いて目を覚まさせ、男の口に子芋をねじ込む。

「んぐ……はっ……！」

男はたちまち覚醒し、飛び起きて芋にむしゃぶりついた。

瞬く間に芋を平らげると、男は安堵したように息をつき、そこで初めて桜子を見た。どうやら人がいることにも気づいていなかったらしく、驚いた顔をしている。

「お嬢さんが助けてくれたのか？　すまん……危うく死ぬところだった」

男は深々と頭を下げて、地面に頭を擦《こす》りつけた。顔を上げると、切れ長の瞳と真正面から目が合う。その瞬間、桜子はぞくりと寒気を感じた。酷く落ち着かない気持ちになる。鼓動が速まり、男に見入った。

何だろう……初めて会った気がしない。だけど、どう見ても見覚えのない男だ。なのにどうして……

「……どこの誰だか知らないけど、行く当てはあるの？　帰る家があるならすぐ帰った方がいいし、ないならどこかの寺にでも……」

探るように聞いてみる。

「寺には少し前まで世話になっていた。俺は旅の法師だ。寺には縁がある」

男はそう説明する。妙に生真面目そうな男だなと思った。

「へえ、そうなの」

桜子は男の姿をまじまじと眺めた。

歳は三十歳頃といったところか……薄汚れてはいるものの、黒い着物は確かに法衣《ほうえ》のようにも見えなくはない。ただ、長めの髪を襟足で一つに括っているところはちょっと怪しげで、普通の僧侶には見えなかった。そしてやはり、見覚えはない。

「その法師様が、どうして旅なんて？　修行なの？」

「まあそれは話せば長いが……探し物をしている」

「何を？」

「とある秘宝だ。それが京の陰陽師一族に伝わっていると聞いて」

その言葉に桜子の耳がぴくりと反応する。

「陰陽師一族？」

「ああ、幸徳井家という陰陽師だが、聞いたことはあるか？」

聞かれて唖然としてしまう。聞いたことがあるも何も……

「それは私の家だわ」

桜子ははっきりと答え、次の瞬間しまったと思った。得体の知れない男に易々《やすやす》と正体を明かしたのは失敗だったかもしれない。いつもだったらもう少し、気を遣ったはずなのに……

法師は目をまん丸くして桜子をまじまじと眺めた。

「幸徳井家のお嬢さんだって？」

「ええ、そうよ」

しかたない。今更否定したところで意味はないだろう。

「へえ……お嬢さんがそうなのか。俺はお嬢さんの家に用事があって旅をしてるんだ。案内してくれないか？」

地べたに座ったまま、法師は深々と礼をした。

「……分かったわ、案内しましょう。私は幸徳井家の一人娘。幸徳井桜子よ」

隠したところで陰陽師の屋敷だ。名を知っているものも大勢いるし、拒んだところでいずれバレる。用事があるというのなら、直接当主のおじい様に会ってもらった方がいいだろう。もしかしたら、おじい様の知り合いかもしれないし……

それに……秘宝なんてものがあの家にあるのなら、見てみたい。一度も聞いたことがないが、高価な宝が隠されているのなら、売ればどれだけ暮らしが楽になるか……

「ありがたい、俺の名は堂馬《どうま》という」

法師は地面に指で「堂馬」と書いた。やはり初めて聞く名前だ。

「堂馬殿ね？　じゃあ、行きましょうか」

桜子は立ち上がって堂馬の腕を引っ張った。堂馬はよろめきながら起き上がり、どうにか自分の足でふんばる。

「歩ける？」

「ああ」

堂馬が笑ってみせたので、桜子は彼から手を放した。

すぐ近くの屋敷まで案内し、中に通すとたちまち使用人の真似事をしている女神たちに囲まれる。

「お帰りなさい！　桜子ってば、やっと帰ってきたのねえ。ちっとも帰らないから心配してたわ。あらあ、こいつは客人？　どこの誰？　名乗りなさいよ」

弁才天が堂馬をじろじろ値踏みする。

とはいえ、人間は神の存在を易々と感じることなどできないので、名を問われてもその声は聞こえないだろう。そう思い、桜子が代わりに答えようとすると、

「堂馬と申します」

姿勢よく礼をして、彼は名乗った。

桜子はぎょっとし、女神は美しい指を唇に当てて堂馬を見やる。

「ふうん……お前は私が見えるのだね」

「御仏《みほとけ》を信じる者の端くれですので」

「……いいや、違うねえ。お前は坊主じゃないのだろう？　それとは違う気配がする。もっと複雑で尖《とが》った気配だ。お前は……陰陽師だね？」

弁才天は美しい指を堂馬の頬に這わせて嫣然《えんぜん》と笑った。

「よく……お分かりだ……」

「分かるとも。ここへ何しに来た？」

「………幸徳井家の秘宝を頂戴したく参上しました」

すると、女神たちは顔を見合わせて黙り込んだ。神々しい沈黙がしばし過ぎると、弁才天の後ろにいた吉祥天がふわりと微笑んだ。

「桜子、秘宝のことは友忠に聞いてみるとよいでしょう」

「秘宝は本当にあるんですか？　おじい様が隠してるの？」

「ええ、秘宝はあります」

断言され、桜子の目は輝いた。

貧乏だと思っていたこの家に、お宝が！

「桜子！　帰っておったのか！」

感動しているところに、後ろから声をかけられ飛び上がった。振り返ると、厳《いか》めしい顔のおじい様、友忠が立っていた。

「ただいま、おじい様。お客人を連れてきました」

「お客人じゃと？」

友忠は怪訝に眉をひそめ、桜子の隣にいる法師に目を留めた。

「この人は旅の法師、堂馬殿よ。うちに用事があるんですって」

桜子はおじい様が彼のことを知っているか探ろうと反応を見たが、友忠はただ不可解そうに首を捻った。

「はて、何の御用ですかな？」

「秘宝を――幸徳井家に伝わる秘宝を、お譲りいただきたいのです」

堂馬は桜子に言ったのと同じく友忠に告げた。

たちまち友忠の顔色が変わる。厳めしい顔がますます厳めしくなった。

「……中で話を聞こう」

友忠はそう言って、堂馬を屋敷へと受け入れた。

残された女神たちは人間たちの行く末に思いを馳《は》せる。

「秘宝のことをどうやって知ったのかしらね」

「さあ……知っている者はもちろんいますが……」

「大方口を割った者がいたのだろう」

「だけど、秘宝を手に入れるのは不可能よ」

「ええ、そうですね……」

「ああ、そうだ」

「秘宝はもう……」

女神たちはそこで口を噤んだのだった。


「秘宝が欲しいと仰せかな」

友忠は自分の部屋に堂馬を通し、向かい合って胡坐《あぐら》をかいた。桜子は二人を同時に見渡せる場所に座って成り行きを見守った。

「突然押しかけて申し訳ないと思っていますが、どうしても譲っていただきたい」

桜子はそのやり取りを聞いていて、首を捻った。

「おじい様、うちには秘宝とやらが本当にあるの？」

少しドキドキしながら再度確認する。どれほどのお宝が……？

「ああ、我が家には代々伝わる秘宝があった」

友忠は重々しく首肯した。

桜子は思わず口を押さえて目を輝かせてしまう。

「おじい様、秘宝っていったい何なの？」

せかせか聞き出そうとする桜子の眼前に手を突き出して話を遮り、友忠は堂馬を値踏みするように観察した。

「秘宝の話をする前に、まずは教えてほしい。そもそもおぬしはどこの誰だ？　秘宝の話はどこで聞いたんじゃ？」

そうだ、桜子もそれが知りたい。この男はいったいどこの誰なのか……

その問いを受け、堂馬は居住まいをただした。

「私は長いあいだ諸国を旅してきた法師陰陽師です。十五年前……旅の途中で妖怪から この家の秘宝の噂を聞きました。幸徳井家にはすさまじい力を持つ秘宝があり、幸徳井家の女たちが代々巫女となってそれを守っている……と」

その話に桜子は驚いた。

幸徳井家の女が代々……つまり、母の雪子も……？

そんな話は初めて聞いた。

お母様が守っていた秘宝……いったいどんな宝なのだろう？

「私はこの地を訪ね、当時秘宝を守っていた巫女に会い、秘宝を譲ってほしいと頼みました」

「え！　それって……」

「雪子のことか？」

「さあ……名は知りません。彼女は私に、秘宝は渡せぬと言い、私を追い払った。ずいぶんと頑《かたく》なに拒まれ、私はそこで一度諦めましたが、風のたよりに彼女が死んだと聞きました。そこで新たな巫女に願い出ようと思い、やってきたのです」

率直で無礼な物言いだったが、堂馬の表情に悪意は感じられなかった。

新たな巫女……と言われても、幸徳井家の娘はもう桜子しかいない。しかし桜子はもちろん巫女ではないし……

困惑する桜子をよそに、堂馬はなおも言い募る。

「私にはその秘宝が必要なのだ。巫女に会わせてください。そしてどうか秘宝をお譲りください」

彼は真剣な顔で訴えた。友忠は厳めしい顔でしばし沈黙し……

「それはできぬ相談じゃ」

ゆっくりと首を振った。

「いくらでも謝礼はいたします」

「いや、無理なものは無理なのだ。秘宝はもう、この家にはない」

「馬鹿な！　なにゆえ!?」

堂馬が怒鳴った。友忠は落ち着いた様子で説明した。

「確かにかつてこの幸徳井家には代々伝わる秘宝があった。それはそれは恐ろしい力を持つ秘宝で、我が娘である雪子が巫女となり守っておった。誰にも悪用されぬよう、その体内に封じ、命をかけて守っておったんじゃ。しかし、雪子が命を落とした際、秘宝は行方が分からなくなってしまったのだ」

「信じられない……なんということだ……」

堂馬はへなへなと床に手をついた。

「嘘ではない。わしにも行方が分からんのじゃ。そもそも、おぬしは秘宝を手に入れてどうするつもりだったんじゃ？」

「……その力で人々を救いたいと考えていました」

「人を救うじゃと？　それなら陰陽師として身に付けた力を使うがよい。あのような恐ろしい秘宝に頼るべきではない」

「……ですが私の力はあまりにも弱い。人一人ができることには限りがある。私はこの地獄のような現世から、一人でも多くの人を助けたいのです。そのためにはあの秘宝が必要なのです」

「あれは人を救えるような宝ではないぞ」

「いいえ、あれの力があれば人を救える。あれがあれば、この世から妖怪を一匹残らず滅することができる」

途端、友忠も桜子も呆気にとられて停止した。

この男は今、何を言ったのだろうか……？　妖怪を……一匹残らず滅する……？

ぞっとするような暗い翳が、堂馬の瞳にちらついたような気がした。

「堂馬殿……おぬしは何を言っておるのだ？」

「陰陽師ならば知らないはずはないだろう。人々を苦しめているものは妖怪だ。あれらがいるからこの世はおかしくなってしまった。妖怪など……この世に存在していいものじゃない」

なんという頑迷な言いようか……絶句していた友忠が、険しい顔で口を開く。

「そんなことで人を救えると本当に思っておるのか？」

「もちろん救えるとも。妖怪さえいなくなれば人は救われる。陰陽師のくせにそんなことも分からないのか？　だからあの時も俺を邪魔したんだな」

堂馬は苦々しげに吐き捨てた。

「邪魔しただと？　何の話じゃ？」

「俺が作った鬼を始末したのはきみらだろう？」

鬼という言葉に、桜子の鼓動は速まった。

鬼……鬼……ほんの数か月前のことだ。京の町に鬼がいた。

人に利用され、憐《あわ》れに死んだ鬼たちが……

人の狂気で、多くの妖怪が死んだのだ。

それを目論《もくろ》んだ坊主が言ったことを、桜子は覚えている。

旅の法師様……あの坊主は確かにそう言ったのだ。鬼を生み出す秘術を授けた旅の法師……と。

「お前……あの時の法師か……？」

桜子はざわざわと毛が逆立つような感覚を得ながら問うた。

「ああ、俺があの時の法師だ。きみらが寺に乗り込む前に逃げ出したがな」

「お前！　何であんな酷いことを!!」

桜子は片膝立ちになってダンと足を踏み鳴らした。力加減は全くできず、床板が大きな音を立てて粉砕される。

しかし堂馬は落ち着き払っていた。

「何が酷い？」

「何がって……お前……」

桜子は怒りで震えた。この男はどうかしている。まともな人間じゃない。

彼の瞳は黒く深く、まるで迷いがなかった。

「きみは美味《うま》そうに人の子を喰う妖怪を目の前で見たことがあるか？」

唐突に聞かれ、桜子は返す言葉を失う。言葉の悍《おぞ》ましさに、一瞬気圧された。

「ある種の妖怪は人を喰う。弱く柔らかい子供は格好の餌だ。目の前で親が泣き叫んでいても構わず喰らう。俺はこの世にそういう悍ましいものが平然と跋扈《ばっこ》しているのが耐えられない。だから、一匹残らず滅ぼすと決めたのだ」

「人を食べない妖怪だっている！」

「ならば人喰い妖怪だけを滅して他の妖怪は生かせというのか？　きみは酷い奴だ。何を食べるかで生きるべき妖怪と死ぬべき妖怪を分けるのか。酷い差別だ」

「さ、差別なんか……」

「俺は違う。妖怪を差別したりしない。平等に……公平に……一匹残らず殺すと決めている」

そんなものは平等でも何でもない——と、何故か言葉にできなかった。

あらゆる言葉は彼を素通りし、その内側に留《とど》まることは決してないのだと感じる。

彼の中にあるのは漆黒の憎悪ただ一つだった。

「そのために秘宝が必要なのだ。あなた方はそれがどこにあるか知っているんじゃないのか？　知っていて隠しているんだろう？　あれが容易くなくなるなどありえない。

あの秘宝……九尾の妖狐の尾が！」

「……は!?」

桜子は思わず素っ頓狂な声を上げた。

九尾の尾……だと!?　お父様のしっぽ!?　それが秘宝の正体だと!?

勢いよくおじい様の方を見ると、おじい様は苦い顔で重く頷いた。

嘘でしょ……ちょっと待って……この家に、お父様のしっぽがずっと隠されていたってこと？　お母様が死んでしまうまで、それをずっと守ってた？　え？　待って待って……そもそもお父様とお母様は……どうして出会ったの……？

混乱した桜子をよそに、友忠と堂馬は睨み合う。

「あれを失うなどありえない。どうかお譲りください。私が正しいことのために使いましょう」

「妖怪を滅するため、妖怪の力に縋《すが》るというのか」

「それで人を救えるのなら、私一人が穢《けが》れることなど何でもないことです」

「はっ！　くだらんのう」

突如友忠が鼻で笑った。

「……何がおかしい？」

「おぬしの甘い考えがおかしいのよ。人は確かに様々な苦しみを抱えておるがな、妖怪がいなくなったくらいで救われたりはせんわ。おぬしは人の苦しみを、甘く見積もりすぎておる！」

「そんなことはない。妖怪さえいなくなれば人を救える。妖怪さえ……妖怪さえいなければ……！」

そこで堂馬はぐらりと体を傾《かし》がせた。腹がぐううううううと鳴り響き、彼は目を回してその場にばたんと倒れてしまった。

「え……堂馬殿!?」

桜子は驚いて彼の肩を揺すったが、目を覚ます気配はない。

顔を上げ、おじい様と目を見合わせる。

「い、今のうちにこいつを川に捨てて……とか、言ったらダメよね」

「当たり前じゃろう」

「でも……このままじゃこいつ、また酷いことをするわ。あの時だって、あんなに酷いことを……どうしよう……とりあえず縛る？」

「まあ落ち着け」

「あ！　おじい様。この家にお父様のしっぽがあったって、本当なの!?」

「落ち着けと言っておるじゃろうが。全て本当のことじゃよ。この家には九尾の尾が一本封印されておった。雪子が巫女となり封じておったのじゃ。じゃがな……雪子の死とともに九尾の尾は失われた。どこにあるのかはわしにも分からん。雪子は誰にもそれを明かさなんだ」

友忠は口惜しげに零した。

桜子は頭を抱えてしまった。

「おじい様……これ……祝言どころじゃなくなったんじゃ……」

呟く桜子に、友忠も難しい顔になって何も言葉を返してくれなかった。

桜子は倒れ伏す堂馬を困り顔で見下ろした。

この男はいったい……？　今までの会話が頭を巡る。初めて会った瞬間の奇妙な感覚も……それらを思い返しているうち、桜子の頭の中にとある妄想が湧いた。

十五年前にこの地を訪れ、雪子と会い、九尾の尾を探し求めている。あたかも自分のものであるかのように……

その妄想に、血の気が引いた。

違う……そんなことあるわけがない！　こんな馬鹿げた妄想……現実にはありえない！　何度も自分に言い聞かせる。理性で考えれば違うと分かる。だけど桜子は気づいてしまった。彼と出会った時のあの感覚が何だったのか……。一度生まれてしまったその妄想は頭の中にこびりついて、いつまでも離れてくれなかった。

同じ頃——友景は福鼠の社でのんびりと茶をすすっていた。

花嫁衣装を完成させる呪術のために、長の忠兵衛は友景の髪の毛を一房切って持って行った。術を施すあいだ待っていてほしいと言われて、ここにいるのだった。

「友景様、こちらもどうぞ。ほんのお口汚しですが」

長の娘の夜目子が、小皿に盛られた赤い木の実を持ってきて目の前に置いたので、友景はその木の実を一粒つまみ上げた。

小さな楕円形《だえんけい》の実で、つるりと赤く綺麗だ。その姿には見覚えがあった。

「……小指の実だ」

「え？　小指の実？」

皿の隣にちょこんと座っていた夜目子が、不思議そうに首を傾げた。

「子供の頃、近くに生えててよく食べてたんです。小指の実ってのは、父さんが付けた名前で、小指の先に似てるからって……でも、あれは夏だったような……」

「まあ……言われてみると、確かに似ているかもしれませんわね。山茱萸《さんしゅゆ》と呼ばれているようですが」

夜目子は皿に盛られた赤い木の実を眺めて頷いた。

「ありがとうございます、いただきます」

友景は、つまんだ木の実を口に放り込む。甘酸っぱいその味に懐かしさを感じる。

「桜子に、少し持って帰ってやろうかな……」

食べさせてやりたくなってそう呟くと、それを聞いた夜目子がぱしぱしとまばたきして友景の顔を見上げてきた。

「……友景様は……人間でいらっしゃるのですよね？」

「……はあ……まあ、そうですね」

突然の問いに、友景は曖昧な返事をした。

何故か度々、不特定多数からこういう問いを投げつけられる。

柳生の父母や兄、師である友忠や桜子からも、友景の存在を問うような言葉を今までに幾度となくされている。

自分は人間だ。この体に、人間でないところは一つもない。だが……自分を人間だと思えたことが、ただの一度もないのは事実だった。

幼い頃、妖怪に攫われて育てられた。妖怪だった父さんと母さんのもとで、多くの妖怪たちに囲まれて育った友景にとって、人間は未知の生き物だった。

父母を失い人の世に戻った後も、その感覚は消えず、友景は今でも自分が人間である自覚がない。

それでも人かと問われれば、人だと答えるしかないのだ。どうあがいても妖怪にはなれないのだから。

目の前の愛らしいお嬢さんの目にも、自分は人間と妖怪の間《はざま》を彷徨《さまよ》うあやふやな生き物に見えているのだろうかと、少しばかり寂しい気持ちになっていると……

「友景様は桜子様のことが、その……お好きなのですか？」

夜目子が真剣な顔でそんなことを聞いていた。

「好きですが？」

いきなり何の問いだろうかと友景は面食らう。

「桜子様は妖怪です。友景様は、妖怪の桜子様が怖くないのですか？」

夜目子は必死に問いを重ねた。

「怖くは……ないですね」

友景は桜子の姿を思い出し、正直に答える。

「どうしてですか？　桜子様はあなたを、ぱくりと食べてしまうかもしれないのに」

「ぱくりと……喰われたら困りますね。でも俺は、喰われないと思いますよ」

「相手は恐ろしい九尾のお力を受け継ぐ御方《おかた》なのに？」

「そうですね……でも俺は喰われませんよ」

それだけの力があるから、自分は彼女の婿に選ばれたのだ。しかし夜目子は少し違う意味にとったらしい。

「それほど桜子様を信頼していらっしゃるのですね。違う種族でも、本当に心を通わせることができるのですか？」

このお嬢さんは何が聞きたいのだろうか……？　ただ、彼女が真剣であることだけは感じ取れた。

「俺は桜子と心を通わせたと思ったことはないです。あいつの言動はいつも予測不能なほどに真っすぐすぎて、俺を驚かせます。それにあいつは、馬鹿で鈍いので」

「分かり合えない相手を、どうして好きになれるのでしょう？」

なんだか難しいことを聞かれているなと友景は思った。こういうことは男女の機微に通じる男に聞いてほしい。自分に聞いたところで良い答えが得られるはずもない。

「……桜子は負けず嫌いで、勝てもしないのに剣の勝負を挑んできます」

友景は彼女と剣を合わせた時のことを思い出す。

「あいつは剣術に向いていない。一万回やりあってもあいつは俺を倒せないでしょう。だけど……桜子がズタボロでひっくり返っているのを見る時……お前は一万回戦っても勝てないよと言ったら、あいつは二万回でも挑んでくるんだろうなと想像するんです。そういう時、俺はあいつを愛おしいなと思うんです」

何で俺はこんなことを初対面の女性に話しているんだろうかと、友景はいささか恥ずかしくなった。しかし夜目子が少しも馬鹿にすることなく一生懸命聞いているのが分かったので、ぽつりぽつりと続けた。

「分かり合えることはたぶん何もないです。俺と桜子は体も心もまるで違って、同じところは一つもない。でも……だから……好きなのかな、と、思います。あいつが俺と近しい生き物だったら、俺はあいつを好きにはならなかったでしょうから……」

彼女の心根を愛しいと思うのも、それは彼女が妖怪だからだ。自分は彼女をそういう風にしか見られない。

それを聞いて、夜目子は膝に置いた手をぎゅっと握りしめた。

「桜子様を、化け物……と、思うことはないのですか？」

「というか……化け物だと思わなかったことはないです」

「それでも好きなのですか？」

「だから好きなんですよ」

すると夜目子は潤んだ瞳で俯《うつむ》いた。

「……夜目子さん、好きな方がいるんですか？」

首を捻って聞くと、彼女ははっと顔を上げた。白い毛並みが赤く染まっているようだな……何故かそんな風に見えた。たぶん明かりのせいだろうけど。

「すみません、不躾《ぶしつけ》なことを聞きました」

友景はそれ以上触れるのをやめた。しかし――

「友景様……お願いがあるのです」

「何でしょう？」

「八条宮智仁様を……殺さないでくださいませ」

「………え？」

「殺さないでください、あの方を……」

「……何故ですか？」

「悪い方ではありません！」

夜目子は小さな声を必死に張った。庇われた男のことを思い出し、友景の眉間にしわが寄る。

「夜目子さんのお父上はあの男を敵だとおっしゃいましたが？」

「ですがあの方は……悪いことなど何もしていないのですわ」

人の許嫁に手を出し、妖怪を引き寄せ、愛らしいお嬢さんに庇われる……殴ってやりたいなと友景は初めて思った。

「夜目子さんは、あの男を知っているんですか？」

「……あの方はあやかしを引き寄せます。私も……一度引き寄せられたことが。ですが、それは生まれつきの体質で、あの方のせいではありませんわ」

「それであいつを好きになったんですか？」

夜目子は答えず、ぎゅっと目を瞑《つぶ》って下を向いた。

ますます面倒なことになった……長の依頼と娘の頼み事、どちらを引き受けどちらを拒むべきか……

「まずはお父上に相談してみては？」

「……父には話せません。他の誰にも……」

それは恥ずかしさゆえか、或《あ》いは長の娘としての矜持《きょうじ》か……

友景はしばし思案し――

「この件は、持ち帰って幸徳井の当主と検討します。それでよろしいですか？」

一旦判断を保留した。これは自分が決めていいことじゃない。

福鼠の一族と、幸徳井家の陰陽師の正式な取引に関わることだし、宮家との関係もある。まだ婿ですらない自分には、それを決める権利などない。

「……分かりました。幸徳井家の友忠様に、よろしくお伝えくださいませ」

夜目子は必死に訴え、深々と頭を下げた。

「顔を上げてください」

友景は手を伸ばし、指先で夜目子の手をつまんで顔を上げさせた。

「師にはよく話してみます」

そう言いながら、内心渋面になっていた。

本当に、面倒なことになった……


術を終えたという忠兵衛と夜目子に見送られ、友景は福鼠の社を後にした。

穴倉の外に出ると、陽はずいぶん傾いていているらしく、山の中は暗くなっている。

走って山を下りると、不意にひやりとするような気配がして立ち止まる。

勢いよく振り返ると、そこには白く古めかしい狩衣《かりぎぬ》の男が立っていた。

「先生」

友景は思わず呼んだ。そこに立っているのは、かつて平安の世にその名を轟かせた希代の陰陽師であり、桜子に陰陽術を教えた先生、安倍晴明《あべのせいめい》その人であった。

しかしそれは数百年も前のこと。現代に姿を現すこの人は、当然生者ではない。死してなお力を振るう、霊魂なのだった。

九尾の妖狐を敵とし、桜子を同族と思っている晴明は、いつも幸徳井家の周囲を揺蕩《たゆた》っている。

「貴様の先生ではないがな」

晴明はふんと鼻を鳴らして歩いてくる。

「どうしましたか？　桜子に何か？」

この人が友景一人のところに現れるのは珍しい。とっさに桜子のことを案じる。すると晴明は友景の目の前に歩み寄り、鼻先に扇を突き付けてきた。

「今、幸徳井家に男が一人転がり込んでいる」

「男？　まさか……八条宮の……」

「違う」

晴明は厳しい声で友景の推測を否定した。酷く強張った顔をしていて、彼のそんな様子を見るのも珍しかった。

「誰がいるというんですか？」

「男だ」

「いえ、だから……」

「今すぐ幸徳井家に戻り、その男を殺せ」

友景は絶句した。誰もかれも、殺せとか殺すなとか殺せとか……

「誰を、何故殺せと言うんです？」

「理由を知る必要はない。とにかく殺せ。あれは桜子の敵だ」

「だから……何で俺に言うんですか。これ以上の面倒は御免です。殺したい相手がいるなら、自分でやってください」

友景は半ばげんなりしながら答えた。

「甘えるな。お前は桜子のために存在する男だ。それ以外の価値など自分にはないと思え。とにかく今すぐ帰り、殺すのだ。分かったな」

そう告げると、晴明はふわり浮き上がって夜空に消えた。友景は彼のいなくなった宙を睨む。

桜子のために存在する以外の価値がない……だと？

「褒められたからって、そう簡単に言うこと聞くと思うなよ……」

疲れた友景は悪態をつき……幸徳井家に向かって走り出した。


「おじい様……まずいわ」

堂馬を寝かせた布団の横で、桜子は冷や汗をかいていた。

「どうした、桜子」

隣に座る友忠が、渋面でこちらを向く。

「景が帰ってきたら……どう説明しよう」

「む……そうじゃな……」

友忠の渋面がますます険しくなる。

「お客さんが泊まってるって言って、誤魔化せるかしら？」

「誤魔化したところで、こやつが目覚めたら意味がなかろうよ」

「じゃあ……」

　新たな案を考え始めたところで、誰かが屋敷の塀を飛び越えた。

　桜子の優れた耳はわずかな音をたちまち聞き取り、青ざめる。

「おじい様！　景が帰ってきた！」

　言うと同時に、襖が開いた。

「ただいま帰りました」

　友景はそう挨拶して部屋を見回し、そこに寝ている堂馬に目を留める。そして、疲れたようなため息を吐いた。まるで、ここに人がいることを知っていたかのようだ。

「お帰り、景」

　桜子は努めて平静を装った。

「これは誰だ？」

　友景は指を下に向けて堂馬を指す。

「ええと、これは……行き倒れていた男で……旅の法師なの」

「旅の法師？　行き倒れ？」

　言葉を繰り返し、友景は怪訝な顔で堂馬を見下ろし、じっと凝視し……突如驚愕に目を見開いた。

桜子はその反応にぎくりとする。まずい……バレた……?

「おい……桜子、こいつはいったい誰なんだ?」

「この人は……」

「鬼を生み出す方法を編み出した、例の法師じゃ」

友忠が代わりに答えた。途端、友景の体が変に軋《きし》むのを、桜子は見た。

「ああ……そういうことか……」

落ち着いた様子で呟き、彼は……刀の柄に手をかけた。

「待って! 景! どうする気!」

桜子は慌てて彼と堂馬の間に割って入った。

膝をついたまま、堂馬を背後に庇う。

「どうするって……斬るに決まってるだろ」

「決まってるわけないだろ!」

桜子はとっさに怒鳴る。対する友景は落ち着き払っていて、あまりに落ち着きすぎていて不気味なほどだ。

「晴明公もそいつを殺せと言っていた。言われなくても斬ったがな」

「先生が!? いや、待って、ちょっと待ちなさい」

桜子は慌ただしい己の鼓動を聞きながら、彼の凶行を止めようと必死になる。

「桜子、そいつが何したか忘れたのか」

「忘れてない。だけど……」

「五郎《ごろう》の兄ちゃん、殺されたんだぞ。他にもいっぱい、殺された。残された家族はみんな泣いてた。覚えてるよな」

「分かってる！　覚えてるわよ」

こうなることは分かっていた。友景は、妖怪を理不尽に傷つける人間を絶対に許さない。彼が堂馬の存在を前にしたら、こうなることは分かっていたのだ。

妖怪である桜子より、人間である友景が怒っている。

「でも、殺していいってことにはならない」

「何故？」

「何故って……」

何故と聞かれても、桜子はその理由を言葉にすることができなかった。

こんなものはただの妄想で、口に出すのは恐ろしすぎる。

それ以外の言葉で取り繕おうと考えるが、命は大切だからとか……陰陽師は人を裁くものじゃないとか……相手の事情をきちんと聞いてから判断しようとか……そんな言葉を並べ立てたところで、友景の小指一本止めることはできないだろう。

「……これは……ええと……これは私が拾ったの！　私のものなの！　あんたが勝手

に壊さないでよ！」

とっさに、わけの分からない理屈が飛び出してきた。

ばくばくと鼓動はさらに速まる。

「………そうか、分かった」

え！　分かったのか!?　自分でもよく分かってないのに！

桜子は内心変に焦ったが、それを悟られないよう真顔を保つ。

「じゃあ、俺の方も話がある。もう一人……殺さなくちゃならない相手ができた」

「は？」

「花嫁衣装を仕立てるのと引き換えに、八条宮智仁を殺してほしいと頼まれた」

「な！　なにそれ！」

啞然とする桜子に、友景は冷ややかな眼差しを向けた。

「俺はどっちも殺せるし、どっちが死んだところで心は痛まない。桜子、俺にどうしてほしい？」

第四章　柳生友景、殺《あや》めんと思ひたる者に憐れまるる語

屋敷の一番端の小さな部屋に敷かれた布団で、男が目を覚ました。

「やっと目が覚めたわね。丸一日寝てたわよ」

一昼夜彼を見張っていた桜子は、じろりと睨みながら言った。

眠っていた法師陰陽師の堂馬は、よろめきながら上体を起こした。

「……看病してくれていたのか？」

「見張ってたの」

「俺がきみらに何かすると思ったか？」

「いいえ、あんたが殺されないようによ」

「殺されるだと？　誰に？」

そこで彼の腹はぐううううと盛大に主張した。

「食べる元気はあるみたいね。というか、お腹が空きすぎて倒れちゃったのかしら？

とにかく食べなさいよ」

桜子はそう言って、隣に置いてあった大きな盆を彼の方に押しやった。そこには大きな握り飯が十個ばかり積み上げられている。

「俺が起きるのを予測していたのか？」

「まさか、これは私のご飯。それを分けてあげるって言ってるの」

「そうか……じゃあありがたくいただくよ」

そう言って、堂馬は握り飯をつかみ、がつがつと頬張り始める。

眺めていると、彼は次々握り飯を平らげ、あっという間に盆は空《から》になった。

「あんた、そんなに腹が減ってたの？」

「昔から大食いでな。すぐ腹が減ってしまう」

「ふうん……気持ち分かるわ。私も大食い。瓜《うり》とか大好き。柿もね。焼き魚も好きだし、お豆腐も漬物も……もちろん白飯も大好物だわ。世の中の食べ物は美味しすぎると思うのよ」

桜子は昼飯を食べそびれてしまった空腹で、好きなものをあれこれと想像してしまう。なんだか余計に腹が減った。

「きみのを食べてしまって悪かったな」

「いいわよ、何かおやつを食べるから」

桜子がそう答えたところで、部屋の障子が勢いよく開いた。足音すらさせずそこにいたのは友景だった。

　桜子は突然の登場に飛び上がるほど驚いた。昨日のうちに彼
　堂馬が起きる気配を感じたのか、友景はその手に刀を握っていた。

には秘宝の話をしている。それを伝えても彼の反応はなかったが……

「景、入らないで。何か用なら、その刀を置いてから来なさい」

　桜子は威嚇するように険しい顔を作って友景を見上げた。

　友景は桜子の忠告など意にも介さず無言で部屋に入ってくると、堂馬を見据える。

　痛いほど空気が張り詰めていて、皮膚が切れそうな心地がする。

「お前は何で妖怪を殺した？」

　いきなり斬りかかるのではないかという桜子の心配は外れ、友景は冷静に尋ねた。

「きみは……噂に聞いた、幸徳井家の婿殿か？」

「ああ、何で殺した？　お前は妖怪を、喰うのか？　だから殺したのか？」

「……………人が妖怪を食べるわけがないだろ。悍ましい……」

「じゃあ何故殺した」

「衆生《しゅじょう》を救うために」

「……お前が腹を満たすために妖怪を喰うと言ってたら、俺はお前を殺さなかった」

「……俺はきみに殺された覚えはない」

「大丈夫だ、今から殺す」

言うと同時に、友景は抜刀した。

速い！　殺す気だ——！　桜子は青ざめ、とっさに手を伸ばす。しかし桜子の速さではとても彼の速さに追いつかない。

友景がどれほど怒っていたか、桜子は間近で見て知っていた。何の罪もない妖怪たちが無残に殺された。その姿を、友景は血を吐くように見ていた。

「景！　やめて！」

桜子は思わず追いつかない腕の代わりに声を飛ばすが、友景は反応すらしなかった。

堂馬の首が刎《は》ね飛ばされるところを桜子は想像した。そういう風に怒りに任せて人を殺してしまう友景を見たくないなと何故か呑気に考えた。

が——刃を向けられた堂馬は落ち着き払っていた。布団に座ったまま軽く腕を上げて、真一文字に振る。次の瞬間——轟音《ごうおん》とともに突風が吹き荒れ、友景は部屋の中から庭の端まで吹き飛ばされていた。

あまりの出来事に桜子は唖然とした。

陰陽術……？　だけど、彼は呪文を唱えることも真言を唱えることも印を結ぶことも何もせず……ただ腕を振っただけだ。そんな術など、見たことがない。この力は、まさか……！　妄想が現実になってゆく気がする。

「景！」

桜子は立ち上がって庭に駆け下りていた。友景は庭の端に吹き飛んだものの、特に怪我をしている様子はなく立ち上がる。そんな彼を、堂馬は真摯な瞳で見やる。

「きみは人間だ。俺はきみを傷つけたいと思わない。だから敵意を向けるな」

「お前にとって俺が何なのかは知らんが、俺にとってお前は敵だ」

友景は改めて刀を構えた。さっきよりも格段に険しい顔をしている。本気で本気になったのだと分かる。しかしそれでも堂馬は動じない。

「たとえ敵でも、話して分かり合えることは想像するより遥かに多いと思うが？」

「俺は人間の言葉が苦手だ。お前が何を言ってるのか分からない。妖怪が苦しむ姿を見ても平気な人間の言葉なんぞ、分かりたいとも思わない」

その瞬間、堂馬はたとえようもないほど悲しげな表情を浮かべた。

「話し合っても分からないなら、仕方がないな」

堂馬は立ち上がった。

「待ちなさいって言ってるでしょ！」

桜子は慌てて間に割って入った。

「景、刀を納めて」

「桜子、危ないからどいてろ」

「危ない？　私が？　この私を誰が傷つけられるっていうのよ」

桜子は強気を装ってうすら笑った。

「桜子、昨日から何でそんなにこいつを庇う」

「何でって……」

桜子は答えに詰まって黙り込んだ。答えは……ある。明確に、桜子の中にはこの男をあっさり敵とみなせない理由がある。でも、それをここで口にするのは……

「罪人でもない人間、殺してどうするのよ。あんたが捕まるわよ」

当たり障りのない言葉で誤魔化すと、友景はわずかに目を細めた。

「いいよ、それくらい、いいよ」

こいつ……キレてる……

「私は嫌よ！　何で祝言前に婿が捕まるような目に遭わなくちゃならないのよ。あんたも！　うちにはもう用事なんてないんでしょ！　さっさと出て行ってよ！」

桜子は堂馬に向かって怒鳴った。

「……秘宝を手に入れるまではここから離れるわけにはいかない」

「秘宝はないわ。私が生まれた時に失われたと言ったでしょ」

「いや……ある。この近くに存在する。俺にはそれが分かるんだ。ここに来た時、かすかだが秘宝の気配を感じた。あれは俺と共鳴する」

その言葉に、桜子の全身が粟立った。

秘宝と……九尾の尾と……共鳴する……？　この男は、やはり……

顔を強張らせた桜子を見やり、堂馬は立ち上がった。

「握り飯をありがとう。世話になったな」

「……え、出て行くの？」

離れるわけにはいかないと、さっき言ったくせに……

「この屋敷には妖怪がいるな。落ち着かない」

堂馬は嫌悪の表情を見せた。確かにここには友景が拾ってきた妖怪がいる。

「……妖怪と仲良くするのはどうしても無理なの？」

「無理だ。それを強制するのは暴力に等しいな。陰陽師の言うことでもない」

「陰陽師だって妖怪を退治するばっかりじゃないわ。妖怪を嫌いなわけじゃないもの。弱いけど、悪い奴らじゃないわ」

「……きみの母親は妖怪を好きじゃないと言っていたがな」

「え……」

桜子はその言葉が信じられず、固まった。

「嘘……」

「嘘じゃない。きみの母親はそう言っていた」

お母様は妖怪が好きじゃない……？　じゃあ、何で私は生まれた？　それが本当なら、お母様は……半人半妖として生まれた私のことも……好きじゃないの？

放心している桜子に、堂馬は憐れむようなまなざしを向けた。

「私は衆生を救いたいんだ。きみは……きみたちは……可哀想《かわいそう》だ」

そう告げると、堂馬はここへ来た時と同じように何の荷物も持たず出て行った。

一瞬、行かせてはいけないような気がして、桜子は後を追おうと足を踏み出す。しかしその肩を、友景がつかんで引き止めた。

「追いかけるつもりか？」

「だって……」

「何でそんなにあれを気にする？」

「……あんなこと言われたら気になるわよ」

「それだけじゃないだろ。何をそんなに気にしてる？」

鈍い桜子と違って、彼は敏《さと》い。桜子の感情を易々と察してしまう。

「…………馬鹿な妄想をしてる」

桜子は意を決してそのことを口にした。想像通り、友景は怪訝な顔をした。

「妄想？　何だそれ」

「馬鹿にしない？」

「大丈夫だから言ってみろ」

思いのほか優しい答えが返ってきて、桜子は体の内側が少し緩んだ。心臓の鼓動を感じながら、小さな声で……言葉にする。

「……あの人……私のお父様だったり……しない？」

「………………は？」

友景は馬鹿みたいな顔をしてぽかんと口を開けた。その反応は今までに見たことのないもので、自分がとんでもないことを言ったような気がした。

「……お前、何言ってんだ？」

ややあって友景は聞き返してきた。

「あの人、堂馬殿、私のお父さんってことはありえない!?」

桜子は恥ずかしくなりながら、今度は大声で聞いた。

「ありえない！」

友景はいささか怒り気味に断言する。

「あるわけねえだろ！　あれが九尾の妖狐!?　馬鹿か！」

「馬鹿にしないって言ったじゃない！」

「言ってねえよ」

くそ……確かに馬鹿にしないとは言ってないな。

「何でそんな馬鹿なこと考えた。妖怪を憎んで、妖怪を捕まえて術をかけて鬼にして、残虐に殺しまくって、妖怪を滅ぼそうと考えてる……そんな男がお前の父親か？　何をどう考えたらそんな答えにたどり着く？」

「……馬鹿な妄想だって分かってるわよ。でも……最初に会った時から変な感じがしたの。お父様のような感じがするって……なんだかそう思ったの！」

あの感覚を言葉にするのは難しい。ただ、どうしてだかそう感じたのだ。数か月前父の声に呼ばれて覚醒した時の……あの感覚に似ていた。

「……あいつは人間だよ」

友景は怒りを深く沈めて断言した。

「本当に？」

「本当だ。あれは人間だ。俺が妖怪と人間を間違えるわけない。だが……あいつは妖怪のにおいがする」

「え？　それってやっぱり、妖怪ってこと？」

「いや、違う。あいつは間違いなく人間だ。なのに、妖怪のにおいがする。それも、一つ二つじゃない……たくさんの妖怪のにおいだ」

堂馬を最初に見たとき友景が驚いていたのは、それが理由だったのか……。

「どういうこと？　それがお父様の感じがした理由？」

「そうかもな。どっちにしてもあいつは人間だ」

と、再び断言。しかし桜子は、いくら言われても自分の中にある妄想を捨てきれなかった。

どうしても……この感覚が拭えない。あの男がお父様と無関係だなんてとても思えない。あの男は……あの男の正体は、いったい何なのだろう……？　ただ、どちらにしても……

桜子は何も分からないまま、一つのことだけを決意した。

「お母様が守ってた秘宝を、他の人には渡せないわ。私が……私が秘宝を見つけなくちゃ」

友景がその場所を訪ねるのは二度目だった。

御土居堀を越えた八条通の先にある、広い別荘。

堂馬が幸徳井家に現れてから数日が経《た》っている。

友景が無断で別荘に押し入ると、気づいた侍女たちが慌てふためいて逃げまどう。

友景は構わず足を進め、奥の部屋にいた美しい女を見つけた。女は白魚のような足をしどけなく投げ出し、下働きの男に揉《も》ませていた。

「ご相談があります」

開口一番言うと、女――紅は目を細めて友景を見た。視線一つで国中の男を跪《ひざまず》かせそうな瞳に、友景は見入った。

この人の正体が何であるかを知っているのは、自分一人だろう。そのことに仄《ほの》かな優越感を抱いてしまう。

姿は美しい人間の女だが……これは人間なんかじゃない。かつてこの国を滅ぼしかけた悍ましい妖怪……九尾の妖狐……桜子の父親だ。

「この人と二人にしておくれ」

紅が艶のある声で頼むと、うっとりと足を揉んでいた男は絶望的な顔になり、渋々立ち上がって部屋を出て行く。

「座りな」

二人きりになると、玲瓏たる声音が威圧感をもって命じた。

友景は言われるまま、彼女の前に腰を下ろした。

「何の用だい？」

「お義父様《とうさま》は、堂馬という法師をご存じですか」

「知らないねえ」

紅はすぐさま否定する。開いた障子戸から大儀そうに庭を見ている。目を合わせてもくれないのは、彼女が自分を嫌いだからかもしれない。あるいは、正体を見破った自分を警戒しているのかも……

友景は堂馬が現れてからのことをかいつまんで説明した。

「堂馬という男……現在も幸徳井家の周辺をうろついているのですが、雪子殿と縁がある男のようです」

途端、紅は振り向いた。わずかに険のある目が友景を射る。

「何者だい？」

端的に問い詰められ、友景はさらに細かく経緯を説明した。

「そんな男には心当たりがないよ」

「そうですか……実は一番の問題がありまして……桜子が、その男を自分の父ではないかと疑っているのです」

途端、紅は凍り付いた。雪子との関わりを聞いた時の比ではないほど動揺している。

「……どういうことだい？」

「お父様の感じがする……と」

「そいつは何者だ？」

「俺もそれを考えています。だから……教えてください。雪子殿がお義父様の尾をどうしたのか、ご存じではありませんか？」

桜子が堂馬を父と感じたことと、九尾の尾には関わりがあるのではないか……友景はそう考えていた。

「……それを聞いて、どうする？　私の尾を見つけたらその法師に渡すのかい？」

紅の返答に、友景は訝った。彼女が何か知っていて、こちらに探りを入れているような気がしたからだ。

「必要ならばお義父様にお返ししてもいいのですが……。雪子殿はどう考えていたのでしょう？　そもそもお義父様は、何故雪子殿と出会ったのですか？」

そのことを、友景は初めて考えた。桜子にもお師匠様にも、聞いたことがない。

「お前さんに言う必要があるかい？」

「それはつまり、息子に馴《な》れ初《そ》めを聞かれるのは恥ずかしいということですか？」

「……お前さんはたいした阿呆《あほう》だねえ」

「褒められると照れます」

「褒めてはいないよ」

「お義父様にとって、雪子殿は食べる対象でもなかった……ですよね。お義父様は、男しか喰わない」

「まあね、人間の男ってのは可愛くて美味いのさ」

「それはさておき、雪子殿のことです」

友景は無理やり本題をねじ込む。紅は美しい顔をわずかに歪《ゆが》めた。

「……あれは私の尾の一本を封じていた巫女だった」

「それは聞いています」

よほど強い力を持つ女だったのだろうと推測する。

「私は尾を取り返したかった。だから、陰陽術を求める客の振りをしてあれを呼び出した。あれは一目で私が人間ではないと看破したよ。だから……私はあれを襲った」

紅は淡々と説明してゆく。

「襲った……というのは？」

「手籠《てご》めにしたということだ」

「何のために？」

「穢れを知った巫女は力を失うからね。尾を取り返すためだった」

「そう……ですか。俺は正直、男女のことはよく分からないですが……お義父様は、雪子殿を……好きではなかった？　雪子殿も、お義父様を好きではなかったということですか？」

友景は顎に拳を当てて首を捻った。

無理やり合意なく関係を結び、桜子が生まれた……？　よく聞く話ではあったが、聞いていて気持ちのいいものではなかった。

どうしてこの人はこんな嘘を吐くのだろう？

紅が寂しくないように、雪子は桜子を産んだのだと……言ったのは紅自身だ。

「あれは私と相容《あいい》れない生き物だったよ」

紅は友景の思考を悟ったように断じた。

「そうですか……雪子殿は、どんな人でしたか？」

友景は紅の真意を探ることを諦め、ここへ来た用事を果たそうと尋ねる。彼らの馴れ初めを聞きたかったわけではなく、尾の行方を知りたいのだ。

「彼女は私利私欲で秘宝を使う女性でしたか？」

「私利私欲……？　あはははは！　まさか、あれは底抜けにお人よしで悪意を持たない女だったよ。善意の塊……穢れを全く知らない女だった」

心底可笑《おか》しそうに紅は笑う。そしてふと真顔になり……

「ただ、あれは不思議な力を持っていた。他者の内側を……易々と覗き見る目を持っていた」

「お義父様も覗かれたということですか？」

その問いに、紅は答えなかった。友景は問いの矛先を変える。

「雪子殿はお義父様と通じて巫女の力を失った……ということは、そこで尾の行方は分からなくなったということですよね？」

「……いいや、雪子さんは巫女の力を失わなかったよ。死ぬその時までね」

「そうですか……じゃあ、その後の尾の行方は？」

「さあ……知らんな」

ふと、口調が変わった。

瞬間、彼は何かを知っているのだなと友景は察した。

「……堂馬という男は、尾を手に入れようと探しています」

「だからどうした」

「あの男は……尾を手に入れて妖怪を根絶やしにしようとしています」

「それも聞いた。だからどうした」

「お義父様、桜子は妖怪だ。あの男が尾の力を手にしたら……まず、桜子を殺そうとすると思います」

途端、紅の表情が凍った。どう見ても人のそれではない激情が、その眼に宿った。

「尾のありかを、お義父様はご存じですか？　俺はそれを、奴より先に見つけたい。奴にそれを、渡してはならない」

「ただの人間が俺の尾を一本手に入れたところで扱えるはずが……」

そこで紅はぴたりと動きを止めた。大きく目を見開き、

「おい……その法師は名を何と言った？」

「え？　……堂馬ですが」

「どうま……どうまだと……？　は……はははははは！　何という……何という馬鹿げた話だ！　おい、小僧。その男を今すぐここに連れてこい」

突然の変わりように、友景は面食らった。

「お義父様は、奴をご存じですか？」

確認しながら、以前晴明に奴を殺せと言われたことを思い出す。

紅と晴明と堂馬……三人は知り合いなのか……？

「ああ……古い知り合いだ」

その答えを聞いて、友景は何となくムッとする。あの男がこの美しい妖怪を昔から知っている……そのことに少しばかり腹が立った。

「旧交を温めるおつもりですか？」

「それはいいな。そうか……あやつ都にいたか……。今すぐここへ連れてこい。肉のひとかけら血の一滴まで残さず……俺が喰ってやろう」

紅は妖艶な目つきでにやにやと笑う。

「あれを喰うのですか？　何故？　あの男は……何者ですか？」

「くくく……あれはな……妖怪喰いだ」

「妖怪喰い……？」

「文字通り妖怪を喰うのだ。あれは妖怪を憎んで憎んで憎み続けて……それ故に妖怪を喰らうのだ。そうして力を得てきた」

瞬間、友景はあの男にどういう感情を抱けばいいのか分からなくなった。腹が……減っていたのだろうか？　だが、寺での惨劇の記憶が友景から同情心を奪った。

「ならば、奴がお義父様の尾を手に入れようとするのも……」

「喰うのだろうな」

「あれをですか？　あんなものを喰えば人でいられなくなります」

友景は以前、九尾の毛をほんの少し体に入れられたことがある。それだけで、人の姿を保てなくなった。そんなものを丸々喰ったら……

「そんなことはどうでもいいのだろう。あれは妖怪を憎みすぎていて、妖怪になることすら厭《いと》わなくなった憐れな男なのだ」

立膝に頬杖《ほおづえ》をつき、紅は侮蔑的な笑みを浮かべる。

「何故そんなに妖怪を憎むのでしょう……」

「ふっ……それはな……奴がかってとある妖怪を心から……」

艶めく唇が答えを放ちかけたところで――

「紅殿、こちらにおいでですか？」

襖が開かれ、別荘の主である智仁が現れた。智仁は向かい合って座っている紅と友景を見てぎょっとした。

「きみ……どうしてここに……」

「彼女に会いに来ただけだが、何か文句が？」

友景は冷ややかに聞き返した。

「彼女って……きみ……」

智仁は目の端でちらと紅を見る。その目つきで、紅がただの女ではないことをこの男が知っているのだと分かった。自分だけが知っていると思っていた彼女の正体をこの男も知っている……その事実に軽く苛立ちを覚える。

「雪子さんの話をしていたのさ」

紅が歌うような声で言った。

智仁ははっとしたように身動きし、距離をとって座った。

「雪子のことなら私に聞くべきだ」

笑みを作ってみせる。

そういえば……この男を殺してほしいと頼まれていたのだった。友景はふと思いだした。

「他の誰に聞いたところで、真実など何も見えてはこないぞ。この世の誰より、私が雪子を知っている。知りたければ私に聞けばいい」

智仁は自慢げに言う。

面倒だなと、友景は不意に思った。

この男を殺すか生かすかの判断を、いずれしなくてはならない。桜子はきっと反対するだろうが、それでは花嫁衣装が手に入らない。

どうしてこう、厄介なことが立て続けに起こるのか……

その最初が福鼠にこの男の始末を頼まれたことだ。

次に妖怪を滅ぼそうとする悪辣な男が現れ、晴明にはそいつを殺せと言われた。

そして、今度は失われた秘宝という名の九尾の尾を探さなくてはならなくなった。

そのうえ見ず知らずの怪しい男を、桜子は父親だと疑っている。

どうしておかしな厄介ごとが一度に降りかかるのか……そう考え、ふと思う。

本当にこれは……偶然か？　何の繋がりもない別々の事象なのか？

「……お前、鼠の恨みを買った覚えはあるか？」

友景は智仁をぎょろりと睨んで聞いた。

「は？　鼠？」

想定外の問いだったのだろう、彼はぽかんとする。

「……なんだ、鼠って。そんなものの恨みを買った覚えはない」

否定する智仁を、友景はさらに凝視する。

全部繋がっているのだとしたら……この男の役割はいったい何だ？

桜子は市場でいつものように買い物をして屋敷に帰った。

あれから、十日が経っている。

桜子は毎日のように屋敷の蔵や雪子の部屋を漁《あさ》って秘宝の手がかりがないか探り、失せもの探しのまじないも百回は試したが、芳《かんば》しい成果はない。

ため息まじりに帰りつくと、屋敷の隣の空き地に見知った男がしゃがんでいた。十日前、幸徳井家を訪ねてきた堂馬だ。

彼は幸徳井家を出た後も近くに住みつき、屋敷の隣にある柿の木の下で寝起きしているのだ。堂馬は幸徳井家のどこかに今も秘宝があると強く疑っているらしく、毎日この屋敷を見張っている。彼が居座っている場所が幸徳井家の敷地ではない以上、出て行けとは言えないし、妖怪を滅ぼすなどという危険人物である以上、近くにいてもらった方がいいのも事実だった。

そうして奇妙な距離を保ち、十日が経ってしまったのである。

桜子は空き地にいる堂馬を、遠くから眺めた。堂馬の前には近所の幼い子供たちが四人集まっていて、堂馬は地面に文字を書いていた。

子供たちは甲高い大きな声できゃあきゃあと何か話し、堂馬の背中に乗っかったり、自分でも文字を書いてみたりしている。

なんてのどかな夕暮れだろうかと、桜子はぼんやり立ち止まってその光景を眺めていたが、しばらくして再び歩みを進めた。桜子が近づいてゆくと、子供たちは顔をあげてきゃーっと悲鳴を上げた。

「怪力お姉ちゃんだー！」「みんな逃げろー！」「法師様！　さっきの話は秘密だよ！」

そんなことを言いながら一目散に逃げてゆく。

「驚いたわ」

桜子はじろりと堂馬を見下ろしながら言った。

「あんたがあんまり優しそうな顔してるから」

「子供を相手にする時は、普通優しくするものだろ」

「普通……ね」

妖怪を根絶やしにしたいと望む男の言葉とは思えない。

そしてやっぱり、この男からはお父様の感じがする。友景は違うと断言していたけれど、どうしてそう言い切れる？　堂馬は妖怪を憎んで滅ぼしたいと言っていたが、もしかしたらそれは嘘かもしれないし、以前妖怪を鬼に変えて非道なことをした法師だって、実は彼じゃないかもしれない。真犯人を庇っているだけかもしれない。

「あんた、今日は何やってたの」

「字を教えてやってただけだ」

「昨日は独楽《こま》とか回してたじゃない。ずいぶんと楽しそうに。あんた……子供が好きなの？」

「嫌いじゃないな」

やっぱり悪い人には見えない。そもそも桜子は彼が妖怪を傷つける場面を見たわけじゃないのだ。

桜子は真剣に堂馬を凝視した。すると堂馬はのっそりと立ち上がり、何も言わずに歩き出す。

「どこへ行くの？」

桜子は後を追いかけながら聞いた。

「用事ができた」

「何の用事？」

「あの子たちが、変なものを見たらしい」

「変なもの……？」

あの子たちというのは、さっきまで集っていた子供たちのことだろう。彼らが変なものを見たというのは……不吉なものを感じて桜子は唇を嚙みしめた。

「私も行っていい？」

「好きにしろ」

そう言って、堂馬は千本通を北へ向かって歩き出した。

通りの先には墓所がある。薄暗くなってきた墓所にたどり着くと、堂馬は周囲を見回した。

「この辺りだと聞いたんだがな」

「あの子たちは何を見たって？」

「鬼火を見たんだそうだ」

鬼火……？　墓所ならそんなものはいくらでも出そうだが……

嫌な予感が強くなり、桜子の全身が緊張する。

「あの子らの一人が最近母親を亡くしたらしくてな、毎朝毎晩墓参りをしているらしい。それで、毎晩鬼火を見るんだそうだ」

「そう……でもあれは、悪さをするものじゃないわよ。別に放っておいてもいいんじゃないかしら」

違うと言ってほしい……酷いことはしないと言ってほしい……

「ここは死者を悼む場だ。わけの分からない怪異に乱されていい場所じゃない」

「見つけてどうするの？」

聞きたくない……けど、聞かなければ……

「無論滅する」

堂馬の答えは簡潔だった。桜子の喉がひゅっと鳴り、手足が冷たくなる。

「……それでその子は喜ぶの？」

「それはもちろんそうだろう」

「鬼火を、死者の御霊《みたま》と思う遺族もいると聞くけど？」

「それこそ悲劇だ。怪異を母親と思うなんて……そんな辛いことを、何の罪もない子供にさせていいわけがない」

次々に言葉を返され、桜子はそれ以上何も言えなくなった。

彼は良いことを言っている。正しいことを言っている。親しくなった子供に対して思いやりを見せている。なのに……どうしてこんなに恐ろしく聞こえるのだろう？

そしてこんな恐ろしいことを言いながら、どうしてお父様の感じがするのだろう？

「いたな」

堂馬は呟き、墓所の端へと走り出した。見ると、そこには確かに妖しく光る鬼火がいくつも浮かんでいるのだった。

桜子がすぐさま追いかけると、鬼火の姿は次第にはっきりして、その光に照らされているものがはっきりと見えた。鬼火の下には、手のひらにのるほど小さな生き物が数匹蹲《うずくま》っている。それをはっきりと視認し、桜子は目を剝《む》いた。

「福鼠！」

見覚えのある白く小さなその妖怪の群れは、紛れもなく神山に住んでいた福鼠だった。しかも真ん中にいるあの赤い着物の鼠は……長の娘。名は何と言ったか……確か、そう……夜目子だ！

「え？　桜子様？」

顔を上げた夜目子が小さく驚いた声を上げた。周りの福鼠たちが夜目子を庇うように固まる。

「あれは福鼠という妖怪なのか……」

堂馬は桜子の言葉を聞き、福鼠に狙いを定めた。

懐から呪符を出し、それを咥《くわ》えて印を結ぶ。

「待ちなさい！　私の知り合いよ！」

すると堂馬はぴたりと足を止めた。

「そうか……きみの知己か。分かった、ならばきみに譲ろう。ほら、これを使って葬るといい」

そう言って、彼は桜子に呪符を差し出した。

「あんた……何言ってるの」

「きみがやらないなら俺がやるぞ」

彼は再び呪符を噛み、今度こそ印を結んで呪文を唱えようとして――

「やめろと言ってるのよ！」

桜子は彼の胸ぐらをつかんだ。

瞬間、鋭い殺気を感じ、桜子はその場を飛びのく。不意に、感じた。あのまま堂馬の胸ぐらをつかんでいたら……彼は自分を殺していた。

「陰陽師の役目を果たす気がないなら、そこにいろ」

堂馬はそう命じ、怯えて固まっている福鼠たちの中に手を突っ込むと、一番小さな夜目子をつかんだ。

「きゃあ！」

夜目子は急につかまれてじたばたと暴れる。

「夜目子様！」「やめろ貴様！」

福鼠たちが堂馬の足に群がって嚙みつくが、堂馬はそれを乱暴に蹴散らした。

「その子を放せ！」

桜子は牙をむいて怒鳴った。

同時に、体が熱くなり、尻から七本の尾が噴き出した。夜空を黄金に染める輝きをもって尾は揺れる。

桜子は己の激昂に眩暈《めまい》がした。呼吸が荒い。お腹が……空いた……目の前の男が奇妙なほど美味そうに見える。口の中に唾が溢《あふ》れる。久々に訪れたその感覚にぞっとした。体の中で何かが共鳴して、頭がぐらぐらする。

これは……まずい。妖狐の力を制御できない。まずい……本当にまずい……

今日に限ってどうしてこんなに力が暴れるのか……わけが分からない！

桜子の異変を見て取り、堂馬は夜目子を放り出した。宙に投げ出された夜目子を、一族の鼠たちが受け止める。

それにほっとしながら、桜子は堂馬を睨んだ。

「景を……今すぐあいつを呼んできて」

くらくらしながら言う。

しかし堂馬は、身動きすることなく桜子の尾を凝視している。

「早く呼んできて！　このままだと、私はお前を喰ってしまうわ！」

桜子は喉元を押さえて叫んだ。

自分が人間ではないことを、痛いほどに感じる。自分の中には間違いなく、九尾の妖狐の血が流れているのだ。それを抑えられるのはこの世に一人しかいない。桜子を式神として封じた男……友景一人しか……

「私にお前を喰わせるな!!」

血を吐くほどに叫んだその時——遠くから足音が聞こえた。

何度も聞いたことのあるその足音に、桜子は振り返る。縋るようにその姿を探すと、遠くから友景が凄《すさ》まじい速さで走ってくる姿が見えた。

「景……」

ほっとするのと悔しいのが同時に押し寄せ、桜子は変な顔になった。

「お前が変わる気配がした。何があった？」

友景は言いながら駆け寄る。

「私を縛って……早く……」

桜子は身を縮め、両腕で自分の体を抱きしめる。

一歩でも動いたら、自分が破裂してしまうことが分かる。

歯を食いしばって荒い息をしている桜子の傍に来ると、友景は乱暴に肩を押して桜子をあおむけに倒し、腹の上に跨った。

「俺を喰うなよ。お前が死ぬぞ」

友景は珍しい必死の形相で桜子の腹に手を当てる。そこには以前、彼に刻まれた印がある。これがある限り、桜子は彼の式神だ。彼は桜子を意のままに操ることだってできるのだ。

長い呪文を唱え、九字《くじ》を切った瞬間、闇夜に閃光《せんこう》が走った。蠢く黄金の尾がくたりと地面に落ち、みるみるうちに体の中へと収まってゆく。

自分の中から飢餓感が消えると、桜子はようやく呼吸をすることができた。けれど自分を見失いかけた恐ろしさに、体の震えが止まらない。

「大丈夫か？」

友景は桜子を抱き起こし、地面に座らせて体をあちこち確かめると、桜子の頬についた土を袖で拭った。桜子は何となく恥ずかしくなり、その手を押しのけ自分で叩くように頬を擦る。気づくと震えは止まっていた。

「人を喰いたい？」

「ううん……もう平気。ありがとう」

「喰いたければ、喰いたいと言っていいんだからな。お前が本当に腹を空かして我慢できないなら、俺はお前の食べたいもの、何だってとってきてやるよ」

彼は怖いことを言う。桜子は怒ろうとして……しかし言葉は出なかった。食べるわけないと言ったって、さっきまで強烈な空腹に襲われていたことは本当だ。彼に縛られていなければ、人の世界にはいられない。

どうしてあんなに……力が暴走してしまったの……？　そう思った時、

「きみは可哀想だな……」

墓所に佇む堂馬が、桜子を見下ろしながら言った。

桜子と友景は同時に彼を見上げる。堂馬の瞳には明らかな憐憫《れんびん》の色が宿っていた。

「俺はきみを本当に憐れだと思うよ。生まれたくて妖怪に生まれたわけじゃないだろう。きみはとても……可哀想だ。母親の罪を、きみが背負わなくちゃならないなんてな……」

「お母様には罪なんかない！」

桜子は瞬間的に逆上し、牙をむくように怒鳴った。立ち上がってつかみかかろうとするが、こちらを見る堂馬の瞳があまりにも悲しげで……威勢を削《そ》がれてしまう。

その悲しみは何に向けられているのだろうか……躊躇《ためら》い、口を開き、また口を噤んで……桜子は意を決し口を開いた。

「あ、あんたは……何者なの？」

「何者……とは？　旅の法師陰陽師だと言ったはずだが？」

「……それは本当？　あんた……本当は人間じゃないんじゃない？」

途端、堂馬の表情が強張った。

「最初に会った時からずっと思ってたわ。馬鹿なこと考えてるって分かってる。私はおかしくなったのかも……だけど疑いがずっと消えないのよ。だから正直に答えて。あんた……もしかして……私のお父様じゃないの？」

桜子はとうとう言った。しかしそれを聞いた堂馬はしばし放心し、ふっと皮肉っぽく笑った。

「俺の家族は妖怪に喰われたよ」

　堂馬は静かに言った。桜子はざらりとした砂を胸に流し込まれたような気がして返す言葉を失った。

「生まれ育った村が妖怪に襲われて、親兄弟を喰われた。隣近所の人たちもみんな喰われて、俺の村は滅びた。残された俺は必死に生きた。暮らしはとても貧しくて……俺は流れ者の法師陰陽師に弟子入りし、銭を稼ぐ術《すべ》を覚えた。そうして旅をしている時、一人の友ができた。俺はそいつを愛していたし、そいつも俺を信頼してた。だが……そいつは妖怪に殺された。俺の大事なものはいつも、妖怪に喰われてしまう」

　そこで堂馬は地の底に沈んでゆくほどの深いため息を吐いた。

「だから俺は、妖怪を滅ぼそうと決めた。妖怪を殺すには妖怪の力が必要だった。だから俺は、妖怪を喰って喰って喰って……そうだな、もう人間の枠には収まっていないかもしれない」

　皮肉っぽい笑みが零れる。

「それが今から七百年近くも前のこと……以来俺はずっと、妖怪を滅ぼすために旅をし続けている」

　その数字に桜子は仰天した。

「七百年……！」

「ああ、俺は術で命を無理やり繋ぎ、ずっと生き続けている。人の枠からはみ出てでも、妖怪を滅ぼしたいと願ったからだ。妖怪は俺の敵だ。俺はきみの父親じゃない」

はっきりと否定され、桜子はくらりと眩暈がした。

「……私だって本気であんたを父親だと思ってたわけじゃないわ。ただ……もしかしたらそうかもしれないって……」

出会う大人の男の人に誰彼構わず父の幻影を求めてしまうのは桜子の癖だ。本気で……本気で思っていたわけじゃない……本気で思っていたわけじゃ……

「……きみは自分が憐れであることを自覚した方がいいと俺は思うよ」

堂馬はため息まじりにまた言った。

「きみを助けてあげたいと思うが……俺にはきみを人間に戻すような力はない」

「人間になりたいなんて言ってない。私は半分人間で半分妖怪で、それでちゃんと私として立っている！」

「だが、何一つ自分で選んだものじゃない。人を喰わなければ生きられないようなものに、無理やり産み落とされた。きみがそうしてほしいといつ願った？」

「……願ったわけじゃないけど……私に生まれてよかったたって思ってるわ！」

「そう思うきみを心から憐れだと思うよ。疑問や葛藤を持たないよう、きみの周りの人たちはきみの心を殺してきたんだな。本当なら持っているはずの感覚を、抱くことすら許されなかった」

「違う！　私は……」

「きみは妖怪なんかに生まれたかったか？」

「黙れよ糞坊主《くそぼうず》……」

唐突にどすの利いた声が割り込んだ。友景がいつの間にか立ち上がって刀を抜いていた。

「てめえのような奴がいるから……俺の父さんと母さんは……」

「俺は妖怪に弄ばれた人間を心から憐れに思う。そして桜子殿より……友景殿、きみを誰より憐れに思うよ」

堂馬は刀を向けられてもまるで怯まず、真っ向から友景を見返した。

「京の妖怪はおしゃべりだ。きみの噂は何度も聞いたよ。きみは間違いなく人間なのに……当たり前に真っ当に生まれたのに……惨《むご》い目に遭って人生を狂わされた。その不幸は、妖怪さえいなければ起きなかったはずだ。きみは人間の両親のもとで何不自由なく過ごし、苦しむことなく大人になれた。そういう風に弄ばれた人間が、この国には数えきれないほどいるんだ……」

堂馬はぎりぎりと拳を握り固め、瞳を怒りに燃やす。

「俺はそれが許せない。人間を弄ぶ妖怪という存在が、許せないんだ」

桜子は、彼が何を言っているのか定かには分からなかった。自分が酷く貶められたことは理解できたが、何故か、何も通じ合っていないように感じる。

「……俺は人間の言葉が苦手だ」

戸惑う桜子の代わりに口を開いたのは友景だった。

「妖怪の言葉なら理解できるが、人間の言葉は時々難しくて分からない。だがな……俺が人の間で育ってても、お前の言葉は理解できなかっただろうよ」

冷ややかに告げるその声は彼が本気で怒っているのを感じさせた。

「そうか……残念だよ」

堂馬は寂しげに微笑んだ。

「きみたちを救えなくて……本当に残念だ」

空虚な声で呟き、彼は歩き出した。

「どこへ行くのよ」

「きみらの屋敷へ戻るつもりだが？」

こんなことがあってまだ幸徳井家の周りに居座るつもりなのか……本当にこの男は何なのだろう？

「最後に聞くが……きみは妖怪に生まれた自分を後悔することはないんだな？」

背を向けたまま聞かれ、桜子はぐっと拳に力を入れた。

「ないわよ。一度もないわ」

「そうか……本当に残念だ」

そう言い残し、堂馬は墓地から去っていった。

その背中を見送り、桜子は肩の力を抜いた。どっと疲れたような気がする。

「ねえ、景……」

傍らの相棒に声をかけると、彼ははっと気づいたように走り出した。堂馬とは逆の方、墓地の奥へと駆けてゆく。

「夜目子さん、お怪我はありませんか？」

友景は乱暴に放り投げられた夜目子をそっと手のひらに乗せて、異常がないか確かめる。一族の福鼠たちも心配そうにその様子を見上げている。

「……ずいぶん心配そうね。ちっちゃくてか弱いお嬢さんが乱暴されたんだもんね」

桜子は夜目子を案じる友景を凝視しながら呟いた。

「そんな言い方、夜目子さんに失礼だろ」

「別に悪く言ったわけじゃないわ」

「どうした？　桜子……顔が変だぞ」

「どうせ私は変な顔よ！」

私だって……急に色々あって頭の中はぐちゃぐちゃなのに……福鼠のお嬢さんの五分の一くらいは心配してくれたって……

「あのう……桜子様は、やきもちを焼いておられるのでは？」

友景に抱きかかえられていた夜目子が口元を押さえて遠慮がちに言った。

桜子と友景は同時に固まる。

しばし固まり、ゆっくり解凍して顔を上げ、お互い顔を見合わせ——桜子は火を吹くように顔を真っ赤にした。

「やきもち！　ではない！　断じて！」

変に硬い声で否定してしまう。

「違うそうです」

「そうよ、違うの！　私はただ、妖怪たちをあんな風に傷つけようとする堂馬殿が許せなくて……だから怒ってるだけ！」

「そうだな、あいつがこれ以上なにかしたら俺が斬る」

友景は無表情で淡々と言う。桜子はぎょっとした。

「人なんか斬ったらあんたが捕まっちゃうでしょ！」

「埋めればいいよ」

「怖いこと言わないで！」

彼なら本気でやりかねない。人の命は彼にとってそれほど軽い。

「ああもう……疲れた」

桜子はその場にしゃがみこんでしまう。

「今日はもうこれ以上何も考えたくない。もう帰る」

「そうだな……夜目子さん、奴がまた襲ってくるかもしれません。送りましょう」

友景が手の中にいる夜目子に話しかけると、足元にいた福鼠たちが慌てて草の陰から小さな輿《こし》を運んできた。

「いえいえ、友景様。夜目子様は我々がお守りしますので、ご心配なく」

「花嫁衣装のために必要な墓土を取りにきただけだったのですが、いやはや恐ろしい目に遭いました」

「お助けいただき感謝いたします」

え……花嫁衣装って墓土使うの？　と、桜子は思ったが余計な口は挟まなかった。

「そうですか……では、夜目子さん、みなさん、お気をつけて」

友景はそう言って、夜目子を輿の上に下ろした。

「はい、ありがとうございます」

福鼠たちは深々と礼をし、夜目子を乗せた輿を担いでえっさほいさと帰路についた。

「……じゃあ、俺たちも帰るか」

「……うん」

二人きりになると途端に気まずくなった。無言で来た道を引き返す。

並んで歩いていると、友景が急に足を緩め、桜子の手をつかんだ。

「え、何？」

驚いて身を硬くする桜子を見やり、友景は仏頂面で言った。

「やきもちだよ」

「……だから、私はやきもちなんか……」

「お前は鈍いからはっきり言うぞ。俺はお前にやきもちを焼きました」

はっきりと言われ、桜子は飛び上がるほど驚いた。握られた手がどんどん熱くなってゆく。だけど、同じくらい彼の手も熱を帯びているような気がした。

「お前と八条のあいつの仲にやきもちを焼きました。みっともねえ」

なおも言う。

「……わ……私も……やいた」

桜子はつられて言っていた。

「あんたが夜目子さんに親切だから……すごくすごくやきもちを焼きました!!」

ぎゅうっと力を込めて友景の手を握り、桜子は叫んだ。

「いてえよ」

友景は文句を言ったが、桜子の手を振りほどきはしなかった。

「……うちに帰るか」

「……うん」

熱い手を繋いだまま歩き出す。

冷たい秋風が吹いているのに、全然寒く感じない。

「……うちって言った」

桜子は歩きながらぽつりと言った。

「何だ？」

「何でもない」

友景は幸徳井家を「うち」と言った。

友景にとって柳生の家はきっと「うち」ではなかったと思う。妖怪の父母と暮らした山の中が、彼にとっての「うち」だったはずだ。

その彼が、幸徳井家を「うち」だと言う。そのことが妙に嬉しく……ほっとした。

手を繋いで歩きながら、桜子は呟く。

「……堂馬殿はお父様じゃなかった。お父様は……今どこにいるんだろう……」

「……きっと近くにいるよ」

友景はそう言って桜子の手を握り返した。

月の光を映す池のほとりに美しい女が座っている。

「紅殿、いつまでこの別荘に居座るおつもりですか？　数年ぶりに現れたかと思ったら長々と……」

咎めるように聞かれ、女——紅はゆったりと顔を上げる。

「行くところがないのさ。ここでも男を喰うには困らないしね」

しどけなく首をかしげて悍ましいことを言う。

「男といえば……あの若者がずいぶん気になっているみたいですね」

「誰のことだい？」

「桜子の婿。あなたが気にするのは分かりますよ。彼は……雪子に似ていますね」

「………何を言ってるんだい？」

「似ているでしょう？　分かりませんか？」

「……どこが似てるって言うのさ。雪子さんを穢すようなことを言うと怒るよ」

「脅《おど》しても無駄ですよ。あなたは私を傷つけられない。九尾の妖狐よ」

「喰われたいのかい？　おチビさん」

美しい声で更に脅され、智仁は額から大量の汗を流す。

「久しぶりに聞きましたよ、それ」

にやっと笑ってみせる。

「最初に会った時から言ってましたね」

「お前が雪子さんにくっついて私のねぐらに来た時からだねえ」

「雪子をおかしな化け物にやるわけにはいかなかったのでね」

「五つかそこらの小童が生意気なことを……」

「だが、あなたは私を追い返さなかった。雪子が大事にするものを、あなたは傷つけられなかった。私の命など毛ほどの価値も感じていなかっただろうに」

「雪子さんにも困ったものだよ。こんな邪魔者を連れてきて……」

「雪子は私を弟みたいに可愛く思っていると言っていたんですよ」

「だけど、それはお前が欲しい感情じゃなかったんだろう？」

「どうして？　雪子がくれるものなら私は何でも嬉しかった。あなたはそうじゃなかったんですか？」

「……私は昔から、お前のそういうところが嫌いだったよ」

「奇遇ですね、私もあなたのことが大嫌いでしたよ」

「本当に……喰ってやりたいねえ」

赤い舌が唇からのぞく。

「あなたにはできない。雪子がそれを許さない」

震えそうになりながらも、智仁は無理やり笑みを作ってみせる。

「あなたは雪子を喰って飢えを満たしたかったんだろうな。だけどできなかった……残念だったな！　ざまあみろ！　あなたは捨てられたんだ！」

見開いた瞳が月明かりにぎらぎらと光る。

「私はあなたが憎らしくて仕方がない。あなたが雪子に会わなければ……雪子は死なずに済んだのに……」

憎悪をたぎらせる智仁を、紅はじっと見つめ……立ち上がった。音もなく智仁に近づき、震える頬に手を添える。嫣然と微笑む口元に、わずかな牙が覗く。

「そんなに私が憎いかい？　そんなに私が怖いかい？　可愛くて可哀想だねえ……私がいなければお前は……」

紅はその先を言わなかった。そしてふわりと微笑む。

「お前さんと話すのは楽しいよ。雪子さんの話をできる相手は他にいないからね」

そこで二人は口を閉ざした。

清かな月に照らされた別荘の庭には、虫の音だけが響いていた。

第五章　二人の乙女、旅路にて恋見つけし語

幸徳井家の蔵には、長い年月をかけて集められた呪具や古文書が山のように収められている。

桜子はこの日も蔵の中を漁り、失われた秘宝の手がかりがないかと腐心していた。

「全然ない……なんにも見つからない……そもそも私は、何を探してるの？」

疲れ切って蔵の中に座り込み、桜子は呟いた。

日記や文を探しても、失せもの探しの術を使っても、手がかり一つ見つからない。秘宝の正体は分かっている。九尾の妖狐の尾だ。それを母は巫女として守り続けていた。死ぬ前に、誰かに託してもよかったはずだ。けれどそれをしなかった。どこかへ隠し、誰にもそのありかを伝えなかった。危険だから、誰にも触れられないようにしたのか……？　自分の後継が見つからなかった？　巫女となりうる者が、この幸徳井家には……そこで桜子は愕然《がくぜん》とした。

「……私のせい……？」

そうだ……桜子は九尾の妖狐の血を引いていて、その身の内には莫大《ばくだい》な力がある。そしてそれは、いつ覚醒してもおかしくない危険なものだった。実際桜子は数か月前に妖怪として覚醒し、友景という術者がいなければ人を喰らう妖怪になっていたはずだ。母がそれを分かっていたとしたら……

「お母様は、私をお父様の尾に近づけないように……隠した……？」

思いついてみると、それはこれ以上ないほど絶望的な真実のように思えた。

役割を放棄するほど、母は桜子を守ろうとしたのか……

桜子は座り込んだまま放心し、しばし動けずにいた。

長いことそうしていると、不意に背後から気配を感じ、桜子は見られたくなかったところを見られたような酷くばつの悪い恐怖心を抱いて勢いよく振り返った。

「こんにちは、桜子様」

小さな愛らしい声で話しかけてきたのは福鼠の夜目子だった。

「あ……あんた、何してるの。勝手に入ってきて……」

「鼠ですもの、どこにだって入りますわ」

夜目子は至極真っ当なようで納得しがたい返答をする。その姿をまじまじと見て、桜子は驚いた。夜目子の小さな体は泥まみれで、赤い着物は破け、白い毛並みは見る影もなく、全身ぼろぼろになっていた。

「ちょっと、どうしたの？　何かに襲われたの？」

「見苦しいところをお見せしてすみません。私はその……ほとんど山から出たことがなくて……生まれて初めて、みなに黙って一人で遠出したものですから……」

旅の果てがこの姿か……いったいどうして一人でここまで……

「友景ならいないよ」

用のある相手は当然彼だろうと勝手に思い、告げる。どこに行ったかは知らないが、朝から出かけているのだ。しかし夜目子はふるふると首を横に振った。

「桜子様に……お願いがあるのです」

「え、私に？　景じゃなく？」

桜子は怪訝に眉をひそめた。夜目子はこくこくと頷いた。

「友景様ではいけませんわ」

「へえ……ふうん……私に何のお願いがあるっていうの？」

なんとなくほっとしてしまった自分が悔しい。

夜目子はちょこんとその場に座り、真っすぐに桜子を見上げた。

「智仁様に……八条宮智仁様に……お会いしたいのです。あの方の居場所を教えていただけませんか？」

「智仁様に会いたいって……どうして？」

桜子は予想もしていなかったお願いごとに困惑し、しかしはっとする。友景が福鼠から、智仁の殺害を頼まれたと言っていたことを思い出した。

「智仁様に何するつもり？」

途端、福鼠はぎゅうっと手を握りしめて俯いた。

「あの人を手にかけようっていうの？　冗談じゃない。あれは幸徳井家の顧客だよ。お前たちに殺させたりするものか。景におかしな依頼をしたみたいだけど、それを引き受けなきゃ花嫁衣装を渡さないって言うなら、裸で祝言を挙げてやるわよ！」

桜子は座ったまま、蔵の床をバンと叩いた。

夜目子はびくりとし、ちらっと目を上げた。

「……父の依頼と私の願いは全く違うものですわ。ですから友景様でなく、桜子様にお願いするのです。友景様は私の父から、智仁様の抹殺を依頼されていますもの」

「……お前がやりたいのはそれじゃないってこと？　じゃあ、何を……」

怖い目で睨みつけると、夜目子は意を決したように真っすぐ顔を上げた。

「私はもうすぐ婿を迎えます。幼い頃から決まっていたことでした。会ったことのない相手ですが、逃げようとは思いません」

「え、あ、うん……お、おめでとう……？」

いきなり話を明後日《あさって》の方に投げつけられ、桜子は話の筋を見失った。

「ですから私は、その前に智仁様と会っておかなくてはならないのです」

「ええと……何故？」

訝る桜子に、夜目子は妙に潤んだ瞳ではっきりと告げる。

「智仁様への想《おも》いを断ち切るためです」

「想いって……」

そこで桜子はようやく彼女の言わんとすることを察した。友景が傍にいたら、だから お前は馬鹿で鈍いと言ったに違いなかった。驚きのあまり、飛び上がりかける。

「え！　え！　そういうこと!?　いや、だって……あれは普通の人間……」

言いかけて、ぼんやりと先を濁す。言ってはいけないことを言った気がした。

しかし夜目子は怒るでもなく、ほんのりと目を微笑ませた。

「はい、あの方は人間です。私はあやかしです。結ばれるはずもない相手です。ですからこの想いを伝えるつもりはありませんでした。けれど……桜子様と友景様を見ていて、私のこの想いは決して罪深いものではないと思ったのです。だから……ちゃんと忘れようと思ったのです」

「そ、そうなんですか……」

なんだか目の前にいる小さな可愛い鼠が、自分よりずっと大人の女性のような気がしてしまい、変に気圧されてしまう。

「桜子様が赤くならなくても……」

「いやこれは……ちょっとびっくりしただけだから……」

「すみません、驚かせてしまって。私の願いを聞いてくださいませんか？」

本当ならここで、彼女の言葉を疑うべきなのだろう。相手は智仁の命を狙う妖怪の長の娘なのだから。けれど桜子は、どうしても彼女の言葉を疑う気持ちにはなれなかった。

「……八条宮って名前で分かるけど、八条通の……八条通って分かる？」

「……お恥ずかしい話ですが、私は都を一人で歩いたことがなくて……」

「ああ、そうだったね……じゃあ地図を描いてあげるわ」

桜子は蔵にあった木炭で床に地図を描き始めた。

「ここがうち。前の通りを南に行って、これが八条通。そこで西に曲がって……あ、ダメだわ。御土居堀があるからあなたのちっちゃい体じゃ無理ね。やっぱり七条通で西に曲がって、門を越えて堀を越えたらまた南に行って、八条通に着いたらまた西に。そこを真っすぐ行ったら右手に広い別荘があるわ。竹垣で囲まれた別荘よ。智仁様は最近ずっとそこにいるわ」

桜子がガリガリと描きつける地図を見ながら、夜目子はふんふんと真剣に頷く。

「分かりましたわ。私、行って参ります」

ぺこりと頭を下げ、立ち上がる。

そしてとことこと蔵から出て行った。桜子はその小さな足取りを見送り……立ち上がって歩き出した。

夜目子の後をついて蔵を出て、屋敷を出る。少し歩くと夜目子が振り返った。

「あの、桜子様……どうかなさいましたか？」

ついてくる桜子を不審がり、夜目子は小首をかしげて聞いてくる。

「ちょっとね、私もそこいらに用事があるものだから」

「そうでしたか、では、失礼します」

夜目子はまたぺこんと頭を下げて歩き出した。

小さい……なんて小さい足取りだろう。体も小さい。ちょっと溝に落ちたらもう上がれないのではないか？　人に蹴られたら？　馬に踏まれたら？　見ているだけで危うくて、とても目を離せない。

桜子は無言で彼女の後をついてゆく。あまりに小さな足取りなので、桜子は歩いたことがないくらいの小さい歩幅になった。

途中、夜目子は何度も桜子を振り返った。そしてしばらく歩いたところで、桜子が何をしているのか確信を持ったらしかった。

「桜子様はお優しいのですわね」

淡い笑みを浮かべて言う。

「私があまりに頼りなくて、心配してくださっているのですわね？」

「……そういうわけじゃない」

桜子は彼女に対する感情を上手く言葉にできなかった。心配しているのは確かだが、それだけじゃない。それよりもっと切実で、厳かな感情だった。しいて言うならそれは、敬意というのが近いかもしれない。

「……あなたはどこで智仁様と出会ったの？　ほとんど山から出たことがないんでしょう？」

桜子は偶然同じ方向に歩いているという振りを続けながら、何気なさを装って尋ねた。夜目子は前を向いて懸命に歩きながら、少し思案して答えた。

「会ったのは一度だけです」

「たった一度？」

「はい、智仁様が上賀茂においでになった時に……」

「へえ……たった一度で……」

桜子は信じられないような思いで呟いた。

「智仁様が竹林を散策中に足をくじいて、岩に腰かけていらして……私は岩陰から、大丈夫ですかとお尋ねしましたわ。とても痛そうにしてらしたので」

「ふうん、それで？」

桜子はにわかに興味が湧き、先を促した。

「智仁様は、痛くて困っているとおっしゃって、私は近くに生えている薬草を摘んできて、痛み止めのまじないを施してそれを渡しました。そこで初めて、あの方と顔を合わせました」

「へえ、それでそれで？」

わくっとしながらまた促す。

「智仁様は私を見て、たいそう驚いた顔をなさいましたわ。そうして、にっこり微笑まれ……ありがとう、小さなお嬢さんとおっしゃいました」

「へーえ……」

なんとなく照れながら桜子は相槌を打つ。

「その後は？」

「それだけですわ。他には何もありません。たったそれきりです」

「そうなの？」

桜子はふいに悲しくなった。

この小さな鼠が、それ以来一度も想い人に会えていないということに何ともいえない悲しさを感じてしまった。強烈に、二人を会わせたいという衝動に駆られる。

「会いたいなら、いくらだって会えるわよ。今日だってすぐに会えるわ」

「ありがとうございます。案内感謝しますわ」

「いや、私は偶然同じ方向に歩いてるだけだから」

桜子はあくまでその態度を貫いた。もはやその態度に何の意味があるのか分からなかったが、何となく意地のようなものがあった。

「でもまあ……例えば私が手に乗せて連れて行ってあげれば、すぐにだって会えると思うけど……」

何気なく提案する。しかし夜目子は頑なに首を振った。

「いいえ、私は自分の足で会いに行きたいのです」

「利用できるものは利用すれば？」

「……私は体も小さくて、臆病で、長の跡を継ぐのも皆に心配されているのです。だから……初めて自分の心で好きになった方とのお別れくらいは自分でしたいのです」

夜目子はぼろぼろの格好で決然と言った。可愛らしい着物はあちこち泥だらけでずたずたに擦り切れていたし、美しい毛並みも乱れていて、とても最後まで歩けるとは思えなかった。けれど……

「あんたの好きにすればいいわ」

桜子はきっぱり言い、それ以上会話することをやめた。

夜目子はてくてくてくてく小さな歩幅で必死に歩いてゆく。

普通の鼠でももっと速く走るんじゃなかろうかと桜子は思った。この子はたぶん一族の中でもずいぶんと体の小さな鼠なのだろう。体が丈夫で、生まれついての剛力と神通力があり、走るも戦うも何も困らなかった桜子にとって、この小さな鼠の姿は不思議だった。

永遠にたどり着かないのではと思うくらいゆっくりゆっくり歩みを進め、御土居堀の門を通り抜けたところで、洛外から激走してくる馬がいた。背に跨る侍らしき男はろくにこちらを見もせず、土埃《つちぼこり》を上げて通りを駆けてゆく。

あまりの速度に夜目子が驚いて立ち止まる。馬の激しい足取りが夜目子の小さな体を蹴散らしそうになる。

桜子はとっさに足を踏み出して、夜目子と馬の間に立ちはだかっていた。突然通りの中央に出てきた桜子に驚き、侍は馬の手綱を引く。馬はけたたましく嘶《いなな》いて前足を上げ、その前足が桜子を蹴飛ばし――馬の方が弾《はじ》かれてひっくり返った。桜子は馬が倒れる寸前、足を折らないよう支えてやった。上に乗っていた侍は放り出されて近くの畑に落っこちる。

「な、な、何だお前は……」

畑の中から侍は驚愕の眼差しで桜子を見た。

「失礼」

桜子はひとこと言ってまた歩き出す。侍はそれ以上咎めるでもなく、ただただ化け物を見るように桜子を凝視していた。

「さ、桜子様！　お怪我はありませんの!?」

夜目子が慌てて駆け寄ってくる。

「いや、別にないわよ」

「私のために……」

ぷるぷると震える夜目子に、桜子は平然と言う。

「偶然同じ方向に向かってるだけだから」

「桜子様……」

「あんたに手を貸してるわけじゃない。あんたは自分の足であの人のところまで行くんでしょ」

夜目子は揺らぐ瞳で桜子を見上げ、覚悟を決めたように頷き、再び歩き出した。

桜子はその後を極小の足取りでついてゆく。

「景が夜目子さんに手を貸したくなる気持ち、分かるわ」

夜目子の歩みを見ていて、桜子は思わず言ってしまった。

「夜目子さんは女の子らしくて可愛いもの。景は妖怪の女の子が好きなのよ。人間なのに妖怪を好きになる奴っているんだから」

　だから夜目子も諦める必要はない……と一瞬思ったけれど、彼女はきっと十分に考えて決めたのだ。桜子の言葉を必要としてはいないだろう。それ以上は言うまい。

　桜子が口を閉ざすと、夜目子が目を細めてこちらを見上げた。

「桜子様は、その逆ですわね」

「え？　逆？」

「え？　違うのですか？　桜子様は、友景様をどう思っていらっしゃるのです？」

　不思議そうに聞かれ、そういえば似たようなことを女神たちから聞かれたなと思い出した。

　友景が桜子を好きかどうかではなく、桜子が彼をどうしたいか……と、女神たちは聞いた。そして夜目子も、彼をどう思っているのかと……

　そこで初めて桜子は、彼が自分を好きかどうかではなく、自分が彼をどう思っているのかという発想に思い至った。

　どうして友景に自分を好きでいてほしいと思ったのか……どうしてしっぽを撫でられると心地いいのか……どうしてやきもちを焼いたのか……自分は友景をどう思っているのか……

「う……わ……」

歩きながらよろめき、思わず額を押さえる。

「私は……本当に馬鹿で鈍いんだわ……」

全身がかーっと熱くなっていた。何で……どうして気づかなかった……?

「馬鹿すぎる……」

狼狽して俯く桜子を見上げ、夜目子はふふっと笑った。

「それを友景様に伝えて差し上げてください、桜子様」

「う……はい」

桜子は素直に頷き、夜目子の後をついて歩みを進めたのだった。

てくてくてくてく……

そうして歩き続け、いつしか血のように赤い夕陽《ゆうひ》が辺りを染め上げていた。真っ赤に染まった桜子と夜目子は黙々と歩き続け、陽が落ちるとたちまち辺りは暗くなってくる。そうして通りの先に目的の別荘が見えたその時、急に全身が粟立った。

恐ろしい感覚が全身を貫き、強烈な飢餓感が襲ってくる。この感覚は知っている。

何度も何度も味わった感覚だ。

「お父様……?」

九尾の妖狐が近くにいる……!

「さ、桜子様……これはいったい……」

夜目子がくたびれてすすけた毛を逆立てて震え上がった。

「夜目子さん！　来て！」

桜子はしゃがんで夜目子の目の前に手を差し出した。夜目子は一瞬躊躇い、桜子の手にぴょんと乗る。桜子は夜目子を両手で抱え、胸の辺りに近づけて周囲を見回した。

「桜子様！　空に！」

夜目子の小さな指が差す方を見上げると、陽が傾いた夕暮れの空を黄金の獣が走っていた。顔の白い黄金の獣。美しく巨大な尾が一本、流星の如くたなびいている。

「……お父様」

「あ、あれが九尾の妖狐」

桜子と夜目子は抱き合うようにして黄金の獣を睨む。

「……お父様！　私よ！　桜子よ！」

桜子は胸を高鳴らせながら叫んだ。すると黄金の獣は赤く鋭い眼を下に向け、こちらに向かって襲いかかってきた。

「お父様！」

桜子は驚いて父を呼ぶ。しかし黄金の獣は全く反応することなく、凶悪な殺意を放つ瞳で牙を剝いた。

ダメだ……！　このままでは自分も夜目子も危ない……！

「夜目子さん！　私から絶対離れないで！　しっかりしがみついててよ！」

桜子は帯を解いて小袖を脱ぎ捨てると、歯を食いしばって腹の底に力をこめ、沸騰する己の血に意識を委ねた。

凶暴な感覚が膨れ上がり、全身が破裂するように膨れ上がった。

数回まばたきする間に、桜子の肉体は巨大な七つの尾を持つ黄金の妖狐へと変じていた。

――お父様！　私が分からないの――！

桜子は怒鳴るが、それは獣の咆哮《ほうこう》となって人の言葉にはならなかった。

黄金の獣は容赦なく桜子に飛び掛かり、肩口に噛みついてくる。

――やめて！　お父様――！

「桜子様！　桜子様！　大丈夫ですの!?」

桜子の胸元の毛皮に潜り込んだ夜目子が心配そうに叫ぶ。

――大丈夫よ、心配しないで夜目子さん――

「ああ、どうか無理をなさらないで……」

桜子は胸元の夜目子を庇いながら噛みつく獣を振り払った。

――お父様！　どうしてこんなことするの？　私が幸徳井家の秘宝を……お父様の尾を探してるのが気に入らないの？　お父様は自分の尾を取り返したいんでしょ？

私が邪魔なの――？

桜子の訴えを聞いても、やはり黄金の獣は何一つ答えようとしない。

これは……本当にお父様なの……？

訝る桜子は、ふと気が付いた。尾が……黄金の獣には尾が一本しか生えていない。父である九尾の妖狐は八本の尾を斬り落とされて一尾になってしまったが、つい数か月前にそのうちの一本を取り返し、二尾になっているはずだ。これは……父ではない……？

桜子は疑いをもって距離をとった。

すると、黄金の獣は急に攻撃をやめ、地面に降り立った。その毛が震え、肉体が変化し、みるみる縮んでゆく。そうして人の大きさまで縮んだ黄金の獣は、黒い衣の法師になった。

桜子は唖然としながら地面に降り立ち、変化《へんげ》を解いた。人の姿に戻ると、急いで小袖を身に纏う。

「堂馬殿……何であんたが……」

桜子はついさっきまで獣の姿をしていた男を睨みつけた。

「あんたは何なの？　私のお父様じゃないの？　だったらどうしてお父様と同じ感じがするのよ！　どうして妖狐に変化できるのよ！」

堂馬はいささか顔色が悪く、苦しげに呼吸していたが、息を整えて口を開いた。

「きみの父親の尾を、一本喰ったから」

桜子は瞠目する。九尾の尾……それは幸徳井家の秘宝だ。探していた秘宝を持っていたのは、この男自身だったのか……!?

「じゃあ、何で秘宝を探してるなんて嘘を……わざわざうちに居座ってまで……」

そこではっと気が付く。

「もしかして……私を殺すのが目的だった？」

お父様の血を引く私を……殺したかった？

「きみを憐れに思っているのは本当だ。きみは憐れだ。救ってやりたい。だが……きみは救われたいと思わないんだろう？　ならば……俺がきみにできることは一つしかない。きみは……きみたちは……本当に憐れだ」

心の底からの慈しみと情けを受け、桜子は震えた。

「じょ……冗談じゃない！　憐れみで殺されてたまるか！」

文字通り牙を剝いて怒鳴る。

「俺を喰うか？」

「お前の肉なんか喰ったら腹を壊すわ」

不愉快そうに吐き捨てる。

「いいや……きみはいつか人を喰う。そうなる前に俺がきみを滅してやる。それがきみにできる最大限のことだ」

「私は人なんか喰わない！」

「いいや、喰ってしまえ」

　と、突如第三者の声が割り込んだ。

　典雅で悠々としたその声の持ち主は、上空から見えない階段を下りるように現れた。

「先生!?」

　桜子はしばらく会っていなかった師の姿に驚いた。

　晴明はいつもと違う冷たい表情で桜子と……堂馬を見た。

　桜子はその視線を追って堂馬の方を向き、ぎょっとした。

　堂馬は死神のような顔で晴明を凝視していた。

「やあ……久しぶりだ。我が友よ」

　晴明は軽やかに語りかけた。

「こうして顔を合わせるのは何百年ぶりになるか……」

「晴明……なぜお前がここにいる……死霊の分際で!!」

「七百年も生き続けた化け物の分際でほざくな、堂馬法師。いや……我が最愛の友、蘆屋道満《あしやどうまん》よ」

「黙れ！　お前が魔物と知っていれば！　友になどならなかった！」

突如いがみ合いを始めた両者に面食らい、桜子は警戒心を保ったままじりじりと後ずさりした。今のうちに、夜目子を逃がさなくては……

何にも構うことなく暴れれば、おそらく桜子はこの場の誰より強い。堂馬よりも、晴明よりも、七本の尾を振り立てた桜子は強いだろう。だが……それをやって誰も傷つけずに事態を終わらせることなどできるはずがないのだ。桜子は、必ず誰かを傷つける。傷つけたくないと思う相手を……。この力を制御してくれる術者がいなければ、桜子は力を振るえない。だから、この場を離れるしかないのだ。

そろりそろりと距離をとっていると、晴明がぐるり振りむいた。ギクッと体を強張らせた桜子に、晴明は薄く笑った。

「逃げるな、桜子」

「……その人は、先生の知り合いですか？　蘆屋道満？　誰？」

「我が友だ。昔は道摩法師と呼ばれていた」

「どうま法師……？」

「そう、私の愛しい友だ」

愛しいという言葉にここまで不穏なものを感じたことはない。桜子は横目でちらと堂馬を見た。彼はひたと晴明を睨んでいる。

「よく言う……どの口がほざくか！」

　血を吐くように堂馬は叫んだ。

「晴明……お前はどういう気分だった？　何を考えていた？　俺がお前を友と呼んで信頼する姿を見て、お前は俺をどう思っていた⁉　お前を……この世の誰より信頼していた。お前は、俺が家族の仇《かたき》である妖怪を憎んでいることを、誰より知っていたはずだ。なのに……お前は俺の友の顔をして、その裏では人間を嫌っていたんだろう？　お前は……お前は……」

「人に尽くして働こうと二人で誓い合ったな、道満」

　晴明は懐かしい思い出をたどるように言った。

「晴明……お前は飄々《ひょうひょう》としていたが、いつだって人を救うために力を振るった。俺はそういうお前を信じていた」

「お前は真面目過ぎてよくしくじったな」

「俺には天賦の才などなかったからな。だが、そんな俺をお前はいつも励ました」

「自分と同じ境遇の人々を救うのだと、お前は必死だったな。底抜けのお人よしだったよ、お前は」

「ああ……そういう俺を知っていて、お前は俺を騙《だま》していたんだな。俺を嘲笑《あざわら》っていたんだろう……晴明」

名を呼ばれ、晴明はにたりと笑った。

「人間など、生まれた時から疎ましく思っておったわ。半人半妖に生まれた私がどれほど虐げられてきたと思うのだ」

「だから俺のことも疎んじていたのか、晴明」

「私がお前を愛していると言った言葉に嘘はないぞ、道満」

「よくもそんな戯言《たわごと》を……お前の真意を知っていたら、俺はお前を友と呼んだりはしなかった！　お前が魔物だと知ったあの時、俺の友は死んだのだ！」

ぎりと歯噛《はが》みする堂馬と、余裕ぶっている晴明を交互に見て、桜子は更に距離をとった。

なんだこの状況は……大の男が何を言い争っているのか知らないが……こんな痴話《ちわ》喧嘩《げんか》だかなんだか分からないものにかかずらっていられない。

どうやら堂馬は先生の古い友人のようだ。人間嫌いの晴明と、妖怪嫌いの堂馬……どう考えても上手くいくはずがない。

だが、桜子にとっては本当にどうでもいいことだ。問題は堂馬が秘宝を持っていて、それを使って桜子を殺そうとしている——という一点にあるのだから。

桜子はじりじり後退し続ける。殺すことも、殺されることも、御免だ。

「桜子、逃げるなと言っただろう？」

晴明が桜子を死角に置いたまま言った。桜子はまたぎくりと動きを止める。

「……二人で決着をつけてくださいよ。私、関係ないじゃないですか。齢《よわい》数百を超えるおじさん同士の痴話喧嘩とか……巻き込まないで」

「あの男はお前の父の力を使っている」

「それを使っている男は先生の親友なんでしょう？　だったら先生が責任を取ってくださいよ。どう聞いたって、先生の意地悪があの人をこじらせたに決まってるんですから」

両者の関係などよく知らないが、そうとしか思えない。

「残念ながら私はもう、生者ではない。九尾の尾を喰った男に勝つほどの力はない。桜子、この場にあれを凌《しの》ぐ力を持つ者は、お前しかいないのだ。妖怪をこの世から滅ぼしたくなければ、戦え」

「何を勝手な……」

桜子は呆れ果てた。しかし晴明はわずかに目を細めて続けた。

「あれを殺してやってくれ」

その言葉にわずかな情を感じ、それ以上文句が言えなくなってしまう。

「この世の何より妖怪を憎んでいるくせに、妖怪を喰い、その身を妖怪に変じなければならなかった憐れで無様な男だ」

「本当に……先生は意地悪ですね」

桜子は抱きかかえていた夜目子をそっと道の端に下ろし、堂馬に向き直った。

「分かった、分かりました。ええ、お言いつけ通りやりますとも。堂馬殿、残念だけど先生はあんたの相手をしたくないご様子よ。私が代わりに相手をさせてもらうわ。あんたも私を殺したいんでしょう？　妖怪の中の妖怪……九尾の血を引く娘を」

言いながら、冷や汗をかく。力の制御は……できるか？　いや、そもそも自分に人を殺せるのか……？

妖怪を殺してしまったことはある。とても嫌な感触だったのを今でもはっきり覚えている。人を殺すのも、きっと同じくらい嫌なものだろう。それが自分にできるのか……握る拳に力が入りきらない。

それに、どうしても気になることがある。彼が持つ九尾の尾は……

「……堂馬殿、一つ聞かせて。あんたはその秘宝を……九尾のしっぽを、どうやってお母様から手に入れたの？」

まさか……お母様が彼に託した？　いったいどうして？　お母様は妖怪を滅ぼしたかったの？　そこに半人半妖の私は……入っていたの？

桜子の胸中を知ってか知らずか、堂馬はしばし不可解そうに顔をしかめた。そして苦々しく口を開く。

「ずっと昔……九尾の妖狐を殺そうとしたことがある。その時は玉藻前《たまものまえ》という名だったか……あの妖狐を殺そうとして……しかし俺の力では敵《かな》わなかった。禁じられた呪法に手を染め……長く生きて術を鍛えても……まるで歯が立たなかった。しかし死にかけた俺の前で、妖狐は尾を落とされた。九つの尾のうち八本が落とされたのだ。そしてそのうちの一本を……俺は掠《かす》め取って喰った。あれからずっと腹が減る」

自らの無様な姿を口にする。しかし桜子は、彼の無様など気づきもしないほど別のことに意識を囚《とら》われていた。

玉藻前の時代……？　そんなの……何百年も前の話だ。雪子が生まれる遥か昔だ。それが幸徳井家の秘宝であるはずはない。彼が喰ったという尾は、幸徳井家が守ってきた九尾の妖狐の尾では……ない……!?

ちょっとまって……じゃあ……お母様はお父様の尾を……どこへやったの？

見つけたと思った宝の行方を見失い、桜子は放心する。その時、八条宮の別荘からぞろぞろと人が出てきた。

「おい、お前たち。ここで何を騒いでる！」

険のある声で問いただしてきたのは、八条宮の別荘の警備をしているらしい衛士《えいし》たちだった。

「ちょ……危ないから出てこないで。中に隠れてなさい！」

桜子はとっさに叫ぶ。人間を救いたいと願い凶行に走る堂馬が彼らを襲うとは思えないし、晴明も夜目子も彼らに興味はないだろう。だが……ここには桜子がいる。桜子が戦えば、力を制御できず周りの人間を巻き込むかもしれない。桜子の力を制御できるのは友景だけだ。

どうしてあいつは今ここにいないのよ……私を使役する術者を名乗るなら、いつも傍にいなさい！　思わず身勝手な怒りを感じてしまう。

そんな桜子を、衛士たちは怪訝な目つきで見るばかりで、全く逃げる気配はない。

「全員離れろ！　化け物の腹に入りたくなければな！」

桜子が苛立ちを込めて牙を剝くと、衛士たちは警戒心に襲われたらしく逃げるどころか刀に手をかけた。

桜子がいっそ全員蹴散らしてやろうかと頭に血を上らせたその時、彼らの後ろから見知った男が現れた。

「桜子？　何をしているんだ？」

一触即発の空気の中、訝しげに聞いてきたのは智仁だった。

「智仁様！　全員連れて避難して！」

桜子が叫んだその時――智仁の胸の辺りから突如眩《まばゆ》い金色の光が放たれた。同時に、堂馬の全身も同じ色に輝く。共鳴するかのように同じ光が周囲を照らす。

智仁は血相を変え、光を隠すように胸元を押さえた。しかし光は少しも弱まらない。

「智仁様……それ……」

桜子の鼓動が意思に反して異常なほど大きくなり、全身がざわざわと騒ぎ出す。

これは……この感じは……！

「見つけたぞ……ここにいたか……」

ぞっとするような声を放ったのは堂馬だった。彼がぎらぎらと目を光らせると、尻から一本の尾が噴き出した。その尾は堂馬の全身を包んで妖狐の形となり、智仁に襲いかかった。

その瞳に理性はなかった。人を守りたいと言った時の真摯な狂気はそこになかった。ただ、獲物を喰らわんとする獣の獰猛《どうもう》な光だけがあった。

「智仁様！　危ない！」

そう叫んだのは桜子ではなかった。小さな体の白い鼠が飛び出して、彼の体にぴょんと飛びついた。福鼠の夜目子はあまりに小さなその体を目いっぱい大きく広げて、巨大な獣の牙から智仁を守ろうとする。

しかし智仁は驚きながらも夜目子を両手で包み、獣の牙から遠ざけた。

そして堂馬の牙は智仁に喰らいつき、彼の上半身にめり込んだ。牙は智仁の心臓を貫き、血が噴き出す。

「智仁様！」

　夜目子が叫んだ。

「ああ！　智仁様、智仁様……誰か助けて！」

　何度も何度も甲高い声で泣き叫ぶ。

　桜子はその場に佇んで放心した。死んだ……智仁が死んだ。どう見ても助からない。心臓を貫かれて、無残に殺されてしまった！

　しかし呆然とする桜子と泣きわめく夜目子の前で、異変が起きた。

「やめてくれ……痛いじゃないか」

　どう見ても死んだとしか思えない智仁が呟き、次の瞬間、彼に牙を突き立てた堂馬が黄金の光で弾かれた。堂馬は吹っ飛び、地面に叩きつけられる。

「何だお前は、狐《きつね》……？」

　堂馬は獣の目で智仁を睨み、智仁は激しく呼吸しながら未知の獣を観察する。

「ああ！　智仁様！　ご無事で……！」

　夜目子が感極まってまた涙を流す。

「智仁様！　生きてるの!?」

　桜子はあまりの出来事に動転しながらも、智仁に駆け寄った。

　そんなはずはない。生きていられるはずはない。獣の牙は確かに心臓を貫いた。なのにどうして生きている……？

「きみ、ちょっと危ないから離れていた方がいいな」

そう言うと、智仁は夜目子を道の端にある岩の陰に隠した。歩く姿にも全く弱った様子はない。

「智仁様、あなたいったい……」

桜子は智仁の体を凝視する。確かに穿《うが》たれた胸の穴の奥に、黄金の輝きを放つものが収まっているのが見えた。

「その光は……まさか……」

智仁は狼狽する桜子を見て、獣に変じた堂馬を見て、未《いま》だ輝きを宿す己の胸を押さえ、強く短く息を吐いた。

「しまった……見つかってしまったよ、雪子……」

彼が呟くと、胸の傷から黄金に輝く丸い宝玉が転がり落ちた。智仁はそれを拾う。

「さて、そこの狐。お前はこれが欲しいのか？　残念ながら渡せない。これは雪子が私に与えてくれた……私の心臓なんだ」

桜子は呆然と智仁の手に収まる宝玉を見つめる。

「心臓……？　どういうこと？　その光、その気配、どう見たって……」

「ああ、これは雪子が守っていた……幸徳井家に代々伝わる秘宝……九尾の妖狐の尾の一本だ。そして、私の心臓でもある。残念だけれどきみにもあげられない。私はこれがなくては生きられないんだよ」

「意味が……分からないわ。どうしてお父様のしっぽが智仁様の心臓に……」

「簡単なことだ。私はね……十五年前に一度死んでいる。雪子が私を生かすために、幸徳井家の秘宝をくれたのさ」

◇◇◇

さて、私の話をしましょう……

陰陽師の家に生まれ、陰陽術を学び、そして代々伝わる秘宝を守るための巫女になりました。十歳の時のことです。

人を守るため……世の安寧を保つため……そのために存在している陰陽師でした。

そして十五歳のあの日、あの方に出会いました。

妖怪にとりつかれたので祓ってほしいと依頼を受け、私はその日洛外のとある寺を訪ねました。

そこにあの方はいたのです。

私はしどけなく座るその人の前に座って、その姿を見つめました。

美しい女人でした。ああ……この人は人間ではないなと、一目で分かりました。幸徳井家の秘宝は巫女の肉体に封じられて守られているのです。私の体内にある秘宝が、急に熱く反応したのを私は感じました。

この人は……この秘宝の持ち主だと、すぐに分かりました。九尾の妖狐なのだなと思いました。秘宝を取り返すためにここへ私を呼んで、今からばりばりと私を食べるおつもりなのでしょう。

それにしても……どうしてこの寺には彼女以外誰もいないのかしら？

「もしかして、お坊さんたちをみんな食べてしまいましたか？」

私はあまり頭が良くありません。迂遠《うえん》にものを尋ねるのは苦手です。なので真っすぐに聞いてしまいました。

その女人は……血の臭いがするその人は……赤い唇で笑いました。

「私が何者だか察しがついているのかい？」

「これの持ち主ですか？」

私は自分の胸を押さえて尋ねました。

彼女はなんだか不思議そうな顔で私を見ています。たぶん、本当はもっと怖がって逃げ出したり、警戒して牙を剥いたりするところなのだと思います。けれど、私はそれより気になることがありました。

「あなたは……どうしてそんなに寂しそうなのですか？」

私は昔から怖がりで、妖怪が苦手です。遠くから見るだけで怖くて震えてしまうのです。目の前にいるこの人はきっと、誰もが恐れる大妖怪なのでしょうが、どうしてだか、私はこの人を少しも怖く感じません。

すると彼女は怖い顔になりました。怖い顔なのに、やっぱり悲しそうで、私はこんなに悲しそうにしている人を見たことがないと思いました。

「どうして？　何がそんなに寂しいのですか？　一人だから？　ずっと一人なのですか？　どうして？　一緒に生きる人はいないの？　血の臭いがしますね？　たくさん人を喰ったのですか？　どうして？　お腹が空いているから？　どうしてそんなにお腹が空くの？　あなたは本当にお腹が空いているの？」

「黙りな」

彼女は怖い声で言いました。けれど、顔は酷く怯えているようでした。

「ごめんなさい、一度にたくさん質問をしてしまいました」

私は驚かせてしまったのだと思って、少しばかり反省しました。

「私のこと、食べたいですか？　無理だと思いますよ。あなたは九尾の妖狐なのですよね？　尾を八本失ったと聞いています。あなたの持つ尾は一本。私の持つ尾も一本。戦えば私が勝つと思いますよ。それができるから、私は秘宝の巫女なのです。ああ、すみません。またいっぱいしゃべってしまいました」

　私はぺこりと頭を下げました。

　彼女はうんと警戒したみたいに顔をしかめて私を睨んで、諦めたように言いました。

「……どうやらそうらしいね。お前さんを喰うのは無理そうだ。出て行きな」

「分かりました。さようなら」

　私は丁寧にお辞儀をして、その寺から出て行きました。

　そして次の日も、またその寺を訪ねたのです。

　いないかもしれないなと思ったけれど、彼女はまだそこにいました。

「何しに来たんだい？」

　とても嫌そうな顔で言われました。

「あなたがあんまり寂しそうだったので、一人が嫌なのかなと思って」

「……お前さん、私が怖くないのかい？」

「怖くはないですよ。ただ……すごく寂しそうな人に見えます。こんなに寂しそうな人を見たことがないので、気になるんです」

「……余計なお世話だよ」

「一人でいるから寂しいんだと思いますよ。私とお友達になりませんか？」

　彼女は最後までうんとは言いませんでしたが、こうして私は彼女とお友達になりました。

彼女は八卦の達人で、客をとって商売をしていました。客たちからは紅と呼ばれていて、私もその名で彼女を呼びました。

紅様は私が訪ねていくといつも嫌な顔をしましたが、私は別に気にしません。この人はきっと、迷惑をかけてくる人すらいなかったのだろうと思うのです。

人を喰う怖い妖怪です。尾を全部取り戻せば、この国を滅ぼしてしまえるほどの化け物です。なのに私の目には、どうしようもなく寂しがっているか弱い生き物のように見えてしまうのです。

私は毎日のように紅様のもとを訪ねました。

人には言えない秘密の逢瀬《おうせ》のようで、私は少しばかり楽しがっていました。

初めてできたこの美しい友人が、誇らしいような気持ちもしていました。

初めのうちこそ私を追い返そうとしていた紅様でしたが、しばらくすると私が通ってくることに慣れ、時々退屈しのぎのように琵琶を弾いたりなさいました。

私は紅様の傍で何をするでもなく、その琵琶の音に聞き入っていました。

紅様は琵琶だけでなく、琴も上手でしたし、歌も上手でした。お寺にある難しい本をいつも読んでいらしたし、何でもよくご存じなのです。この人にできないことは何もないに違いないと私は思いました。

「紅様は物語に出てくるお姫様のようですね」

私はよく言いました。

何百年も昔の物語には、きらきらした素敵なお姫様がたくさん出てくるのです。紅様なら帝《みかど》でもきっと虜《とりこ》にできるだろうなと思い、実際そういうことをしてしまったから、しっぽを斬られて石に封じられたりしたのだろうなと改めて思うのです。

「雪子さんの方がよほど世間知らずでお姫様のようだよ」

紅様はいつもそう言って笑います。

私は紅様に何かしたことはありませんでした。ただ傍にいること以外は何もしませんでした。そんな風に時を過ごし、三年が経ちました。

その日は酷い雨でした。

夕方には雨雲のせいで夜みたいに暗くなっていて、私はその日も紅様のいるお寺を訪ねて行きました。

けれど、中には明かりがついていなくて、真っ暗で、何も見えません。

「紅様？」

声をかけても誰も出てこなかったので、私はずぶ濡れのまま中に上がりました。

するとその時、空が眩く光り、轟音とともに雷が落ちてきました。

「きゃああ！」

私はびっくりして、頭を抱え床に蹲りました。

雷はどんどん近づき、音も大きくなってきます。私は怖くて震えていました。

「雪子さん？」

そこで奥から紅様が出てきました。同時にまた雷が落ち、私は悲鳴をあげます。

「こんなものが怖いのかい？　雪子さんは臆病だねえ」

そう言って、紅様は蠟燭《ろうそく》の明かりを手に近づいてきました。

「大きな音が怖いんです！」

私はそう言って紅様に抱きつきました。

「酷く濡れてるじゃないか」

紅様は笑いながら怖がる私の背を抱き寄せました。

紅様の体は柔らかくて細くて豊かで、私は一瞬怖いのを忘れました。この身体《からだ》にたくさんの殿方が溺れたのでしょう。それを想像すると、なんだか複雑な気持ちになりました。

けれどまた雷が落ち、私はそんなことを考える余裕もなくなって、悲鳴を上げながら紅様のお腹の辺りに潜り込もうとしました。その衝撃で蠟燭の明かりが消え、辺りは真っ暗になってしまいます。

「しょうがないねえ……」

紅様が呟くと、急に気配が変わりました。紅様の体が急に大きくなったような気がしたのです。柔らかかった肉は硬く締まり、凹凸がなくなって別人のようになりました。私はわけが分からなくなって暗闇のなか目を凝らしました。

「この方が安心できるだろう？」

聞いたことのない低音が響いて、飛び上がりそうになります。その声の主は私をすっぽりと大きな体で包み込んでしまいました。胡坐をかいた足の間に座らされて、私は酷く混乱しました。私と紅様はそれほど体格が変わらないはずなのに……

これはいったい誰かしらと思っていると、その人は蠟燭を手に取りふっと息を吹きかけました。すると灯《ひ》がともり、揺らめく蠟燭の明かりの中、顔を上げて私はびっくり仰天しました。

私を抱きかかえているのは知らない男の人でした。ただ……その顔は、よく知る人に似ていました。

「紅様……？」

「ああ」

「どうして……男の人に……？」

狐というのは何にでも変身できるのかしらと私は不思議に思いました。

「どうしてと聞かれてもな……俺は初めから男だ」

「あ、そうだったんですね」

「ああ、神の怒鳴り声が通り過ぎるまでおとなしくしていろ」

そう言って、紅様は私の耳を塞ぐように腕を回しました。

そうか……この人は男の人だったのか……

ばくばくと胸が高鳴って、雷なんか聞こえなくなってしまいます。

そうして雷が聞こえなくなる頃には……気づいてしまっていました。

自分がこの人に、初めて会った時から恋していたのだということを……


お腹が空いた……紅様がそれを頻繁に言い始めたのはそのすぐ後のことでした。

会うたびに、お腹が空いたと紅様は言います。

私は紅様に人を食べてほしくはありませんでしたから、せっせと食べ物を用意して持っていきましたが、紅様はそれを食べてはくれませんでした。

ただ苦しそうに、お腹が空いたと言うのです。そしてとうとう、お寺の本堂に蹲って動かなくなってしまいました。

「人を食べたいのですか？」

私がそう聞くと、紅様は力なく首を振りました。

「いくら喰っても……治まらない」

その言葉を聞いて、私は酷く衝撃を受けました。そこで初めて、私は紅様が今も人を喰っていることを知ったのです。

紅様は横たわったまま、私の手をつかみました。

「腹が減って苦しい……雪子さんのことが喰いたい……」

そう、言ったのです。

「私は女ですから、あなたのお口には合いませんよ？」

私はびっくりしながらも言いました。紅様が食べるのは男の人の肉だけです。なのにどうして、私を食べたいなんて……

「どうしてもあなたが喰いたい……飢えて死にそうだ……」

そう言う紅様は、いつの間にか男の人の姿になっていました。私はようやくその意味を察しました。

「……そういえば、私は十八になりました。もうすぐ十九になります。お父様が、そろそろ婿を迎えなければと焦っています」

「……いい相手が見つかったら教えてくれ。俺が誑《たぶら》かして喰ってやる」

「……嫌です。他の人を食べないで」

私がそう言って顔を覗き込むと、紅様は私の手を引っ張って自分の胸に抱き寄せました。

「腹が減った……助けてくれ……」

「いいですよ。そんなにお腹が空いたなら、私を食べてください」

私はそう言って紅様に身を任せました。


「雪子はおかしな妖怪に誑かされているんじゃないか？」

智仁様に出会ったのはそれから四年後のことでした。

特別なお方で、私は智仁様専属の陰陽師になりました。

幼い可愛らしい親王様でした。そして、見たこともないほど大きな器を持つお方でした。智仁様の器は妖怪を引き寄せてしまうのです。

智仁様は、私が紅様のもとへ通っているのを知って、いつも一緒に行きたいとおっしゃいます。

初めて会った時から、紅様と智仁様は喧嘩をなさいました。喧嘩するほど仲がいいと言いますから、私は嬉しく思いました。

「私はあいつが嫌いだ」

智仁様はいつも言います。

「あのおチビさんは気に入らないねえ」

紅様もいつも言います。

なんて仲が良いのでしょう。

私は智仁様が好きでした。歳は離れていても、心からの友だと思っていました。

けれど私たちが同じ場所で毎日のように過ごせたのは、たった少しの間でした。

私と紅様が出会って八年後……智仁様と出会って一年後……私は身籠りました。

生まれたのは七本の尾を持つ女の子……秘宝が傍にあれば、たちまち妖怪として覚醒してしまうことでしょう。

私の命が長くないことは分かっていました。じきに娘を守ってやることもできなくなります。

幸徳井家に代々伝わる秘宝……これを守るのは大事なことです。けれど、生まれた子供はそれよりもっと大事でした。

だから私は……掟《おきて》を破る決意をしました。

そしてその日……智仁様が危篤であると知らせを受けたのです。

私の中には強大な力を持つ秘宝が……人の命を繋ぐほどの秘宝がありました。

私は私の命を繋ぐこともできました。智仁様の命を救うこともできました。

そして私は……紅様を裏切ったのです。

◇　◇　◇

「私が死んだのは六歳の時、何度も妖怪にとりつかれ、私はとうとう力尽きてしまった。死の間際、死にたくないと泣く私に、雪子は言った。妖怪の力を受け入れてでも生きたいか……と」

智仁は淡々と語る。

「私は生きたいと答えた。だから今でも生きている。雪子は幸徳井家の掟を破って、私を生かすために秘宝を使った。だから私が彼女の代わりに、秘宝を守る巫女になったんだ。雪子は秘宝を決して誰にも渡すなと言った。たとえそれが娘のきみであってもだ。だから誰にも渡さない。渡せば死ぬから……じゃない、彼女が望んだことだから、私は死んでも叶えたいんだ」

そこで話は締めくくられた。

「どうしてそこまで……」

「私たちはお互いがお互いの一番の理解者だった。彼女は私の望みを叶えたし、私は彼女の望みを叶えるために生きている。雪子のことは私が一番知っているんだ。彼女がどんなに男の趣味が悪いかってことも」

と、皮肉っぽく笑う。

「私たちは……友人だったんだ」

遠い目をする彼を、桜子は呆然と見つめる。

「私は雪子との約束を守るよ。この秘宝は誰にも渡さない」

そう言うと、智仁は秘宝を胸に仕舞おうとした。

「お前……それを寄こせ！」

唸るように怒鳴ったのは、堂馬だった。彼は獣に変じた姿のまま、再び智仁に襲いかかった。

「智仁様！　下がって！」

桜子はとっさに智仁を突き飛ばし、堂馬に向き直った。たくさんのことが起こりすぎて乱れた感情を呼吸一つで整える。

「ナウマク・サンマンダ・バザラタン・センダ・マカロシャダ・ソワタヤ・ウンタラタ・カンマン！」

印を結び、魔を滅ぼす不動明王の慈救呪《じくじゅ》を唱えると、目の前に空気の渦が生じて襲いかかる獣とぶつかり合う。しかし獣はその鋭い鉤爪《かぎづめ》で、空気を切り裂き吠《ほ》えた。

まずい……抜かれる……

「ナウマク・サラバ・タタギャテイ・ビャク・サラバ・ボッケイビャク・サラバ・タ

タララ・センダ・マカロシャダ・ケン・ギャキ・ギャキ・サラバ・ビギナン・ウンタラタ・カンマン！」

更に火界呪《かかいじゅ》を唱えると、たちまち炎が噴き出して、獣の体を焼いた。

しかしそれでも、獣は止まらない。

桜子の術ではダメなのだ。自分の未熟な陰陽術では、九尾の尾を持つ堂馬には通じない。額から汗が伝う。桜子はぐっと歯噛みして、再び帯を解いた。みるみるうちに自らも獣へと変じ、桜子は吠えた。

この男にこれ以上、お父様の力を渡すわけにはいかない。この男から、力を奪い取らなければならない。そうだ……こいつを喰ってしまわねば……

立て続けに変身した桜子は、理性を上回る食欲に支配され、大きな口からよだれを垂らした。

もうめんどくさい……めんどくさい……だれもかれも好き勝手に……だいたいどうしてこういうことになってしまった？　最初はただ、花嫁衣装を受け取って祝言を挙げればよかっただけなのに……何でこんなことに……？　もう面倒だ……全部終わらせてしまおう……だから喰わなくちゃ……かつてお父様の尾を喰ったというこいつを、丸ごと食べてしまおう。そして秘宝も……全部喰ってしまえばいい。

私ならそれができるのだから——！

桜子は炎に包まれながらも向かってくる堂馬を喰らおうと、大口を開けて待ち構えた。そしてその牙が彼に届く寸前──上空から、一人の男が降ってきた。

刀を振りかぶっているのは友景だった。彼は上空を飛ぶ波山の背から飛び降り、桜子の鼻面を斬った。

ギャン！　と、桜子は鳴く。同時に鼻の横からぶしゅっと血が噴き出る。

友景は地面に降り、続けざまに堂馬の足の腱《けん》を斬る。

「ア・ビラ・ウン・ケン」

淡々と真言を唱えると火界呪と同じ炎が噴き出して、動けなくなった堂馬を焼いた。あらゆる神に通じる大日如来の真言一つで、不動明王の火界呪と同じ効果を得たのだ。

目にも留まらぬ速さでそれらを終えると、智仁の手に収まる秘宝を奪い取って、桜子の背中に飛び乗った。

「動くな桜子。これ以上暴れると人の心を失うぞ」

きつく毛をつかまれて、桜子は抗《あらが》うように頭を振った。

──だって私の口はこんなに大きいんだから、全部喰ったっていいでしょ──

「ダメだ、桜子。何も喰うな」

──どうして──？　桜子は叫んだが、人の言葉にならない。それでも、友景は桜子の言葉を理解し首を振った。彼は妖怪の言葉なら人の言葉より理解できる。

「俺の許可しないものを勝手に喰うなよ」

偉そうに命じられ、ほっとしてしまう。彼が傍にいるなら、桜子は好きなだけ暴れてもいい。どれほど自由に振る舞っても、友景がいれば制御してくれる。彼に支配されればされるだけ、桜子は解放される。

「特にこの秘宝はダメだ。お前は絶対これに触るなよ。これを受け入れたら、お前は俺でも抑えられない人喰いになるぞ。こんなものを……巫女でもない人間の体によくも隠そうと思ったもんだ」

渋い顔で掌中の秘宝を睨む。秘宝はカッカと激しく明滅している。

「俺ですら、あいつの中にあると気づけなかった……これを隠した術者は相当な手練《てだ》れだな」

友景は少し悔しそうに呟き、眉をひそめた。

「それを返せ！　私のものだ！」

智仁が足元で叫んだ。友景は酷く冷たい目で智仁を見下ろす。

「俺は……お前を殺す依頼を受けている。この秘宝を奪えばお前が死ぬというなら、願ってもないことだ」

「何だと……」

智仁の表情が変わった。

「さっきまで、上賀茂のとある妖怪に会いに行っていた。彼らはお前がかつて雪子殿から秘宝を受け取ったことを知っていた。彼らは鼠だ。どこにでも入り込んで何でも知っている。幸徳井家の秘宝がお前の中にあることも知っていたそうだ」

――何ですって――!?　桜子も驚いて喚きながら、背に乗る友景を振り返った。友景はぽんと桜子の首を叩き、更に続ける。

「彼らは人間を本質的に信用していない。危険な秘宝が人間の手にあることを、酷く警戒していた。悪意を持ってそれを使えば、都が火の海に沈むと恐れていた。そして数か月前、京ではとある事件が起きてる。鬼が……出たんだ。鼠たちはそれを知って、人をますます恐れた。だから世の安寧を守るため、お前から秘宝を奪うつもりだったらしい。その手伝いを、俺は頼まれたというわけだ。そして俺にはお前を助ける理由はねえよ」

あまりに冷たいその声は、周囲を凍てつかせるに十分なものだった。

「私を殺して秘宝を妖怪に渡すのか？」

「いいや、幸徳井家に封じる。あの家の女神たちなら、これを封じることもできるはずだ。鼠たちもそれで納得してくれた。人は信じられないが、神ならば信じられるとな。神は私利私欲などなく、平等に慈悲深く残酷だ」

淡々と告げられ、智仁はたちどころに血相を変えた。

「それはダメだ！　それだけは絶対にダメだ！　雪子はそんなことを望んでない！　私に返せ！　私が預けられたものだ！」

桜子の巨大な前足に縋りつく。

――智仁様、危ないわ――

桜子は地面に伏せて鼻面を近づける。友景に斬られた傷はとっくに塞がっていて、金色の毛に血の跡が少しばかり残っているだけだ。

智仁は咎めるような目でその傷跡を見ると、桜子の顔面に上ってきた。

――うわ！　ちょっと、人の顔に上らないでよ――！

わめく桜子の言葉など、もちろん彼は理解できていないだろう。

必死に頭の上まで登り、そこから思い切り跳躍して、桜子の背に跨る友景に飛び掛かった。

「おい、やめろ」

友景はうっとうしそうに智仁を払いのける。智仁はそれでも必死に取りすがり、友景の手に収まる秘宝を弾き飛ばした。

地面に落ちた秘宝を見て友景は舌打ちし、桜子の背中から降りようとしたが、それより早く智仁が飛び降りた。

「これは誰にも渡さない！　雪子と約束したんだ！」

彼は叫びながら秘宝を握って地面に蹲った。

「手を放せ！　普通の人間に扱えるものじゃない！」

友景も怒鳴り、地面に降りて智仁の襟首をつかむ。

「……それを寄こせ……俺のものだ！」

どすの利いた声で言ったのは、足の腱を斬られた堂馬だった。

彼は未だ獣の姿のまま、それでも人の言葉を操り、もみ合う友景と智仁に向かって口を開いた。地を這うようにして、彼らごと秘宝を喰らおうとし――その時、突如地面が割れた。

激しい地鳴りと共に大地が裂け、地の底から稲妻が走った。

いや……稲妻ではない。それは大地の裂け目から金色の尾を振り立てて現れた巨大な獣だった。それは巨大な口を開け、堂馬の体を一飲みにする。

この世に二つとない、絶望と絶美を携えた黄金の獣……白面金毛九尾の妖狐。その姿が目の前にあった。

愕然とする一同の前で、妖狐は新たな尾を生やし……三尾となる。そしてまた大きく口を開け、ボロ雑巾のようになった堂馬を吐き出した。堂馬は人間の姿に戻り、皮膚を焼かれて腱を斬られて、もはや身動き一つできない有様だ。

――お……お父様――!!

桜子は絶叫した。美しい金色の獣は悠然と顔を上げて桜子を見た。その瞳のあまりの美しさに桜子は見入った。

これは間違いなくお父様だ……桜子はそう感じた。その瞳には確かな愛情がこもっていて、それは桜子に向けられていた。

しばし見つめ合った後……九尾の妖狐はふいっと顔を背けた。そして空に向かって跳躍し、見えない階段を駆け上がるように空を飛んで行った。

桜子は父の後を追いかけようと、伏せた体を起こしたが、不意に感じた怖い気配にぞっとして、その場にとどまる。大きく深呼吸し、人の姿に戻り、ぐしゃぐしゃに投げてあった着物を急いで纏う。そして怖い気配を発している友景の腕をつかんだ。

「これで終わりにしよう。もう帰ろう。私たち、これ以上何かする必要はないわ」

「桜子……馬鹿じゃないのか。これを放っておけるわけがないだろ」

友景はぐるりと振り向き、倒れ伏す堂馬に焦点を合わせた。

殺す気だ——と、一瞬で分かった。

「この人はもう何もできないわ！　お父様のしっぽはもうないんだから！」

「こいつが何をしたか忘れたのかよ」

「忘れてない！　だけど……あんたが人を殺すとこなんて見たくないのよ！」

「じゃあ、向こう向いてろ」

「そういう問題じゃない！」

友景を押しのけるようにして倒れた堂馬に駆け寄り、横にしゃがむ。堂馬はうっすらと目を開けてこちらを見上げていた。

「堂馬殿、これ以上罪を重ねないで。妖怪も人も同じよ。あなたが殺した妖怪にだって、悲しむ家族や仲間がいたのよ。あなただって……それくらい分かってるはずよ。これ以上悪いことはしないって誓って！」

どうか分かってほしい。妖怪にも人と同じ心があることを……これ以上残虐な行いをしないでほしい。しかし……

「……俺を助けるつもりなら、俺はきみを殺すぞ……汚らわしい妖怪の娘め……」

堂馬の答えはあまりにも無情だった。桜子は唇を噛みしめ、友景は刀を抜いた。

その時――

「お前ら！　法師様に何してるんだよ！」

甲高い声が辺りに響いた。

驚いて振り返ると、見知らぬ少年が木の棒を振りかぶって立っていた。

「お前ら盗賊か何かか!?　そのお人はおいらが溺れてるのを助けてくれた人だぞ！　ええ法師様だ！　そのお人に何しようってんだ！」

少年は決死の形相で駆け寄り、堂馬を庇って立ちはだかった。

桜子ははっと思い至る。そういえば、堂馬は近所の子供たちに懐かれて、一緒に遊んだり読み書きを教えたりしていた。もしかしたら、それと同じようなことをあちこちでしていたのかもしれない。

「きみ……危ないから早く家に帰れ」

堂馬がのっそりと起き上がりながら言った。

「ダメだ！　法師様を見捨てるなんてできねえよ！　こいつら盗賊なんだろ！」

「盗賊じゃないわ！　私たちは何も……」

していないと言いたいところだったが、実際友景は刀を抜いている。桜子はどう弁明したらいいのか困り、刀を納めるよう友景の袖を引いて合図した。

友景は納得していないような顔ながらも、刀を鞘《さや》に納める。

「近づくんじゃねえぞ盗賊ども！　法師様、大丈夫か？」

少年はこちらを威嚇するように木の棒を振りながら堂馬を立たせた。

「手当てするから、うちに来ておくれよ」

肩を貸して彼を連れて行こうとする。

桜子も友景も、それを止めることはできなかった。

「盗賊に間違えられてしまったな」

彼らが行ってしまうと、智仁が言った。

「彼はいったい何者だったんだ？　私には見当がつかないが、あれはきみらの敵だったのか？　人間？　妖怪？」

聞かれた桜子と友景が説明に窮していると、彼は適当に首を振った。

「いや、まあいい。これが守られたなら問題ない」

そう言って、智仁は金に輝く秘宝を胸に収めた。傷がふさがり、輝きは消える。

「はあ……くたびれたな。気を失いそうだよ」

ようやく力が抜けたのか、地面に座り込んでしまった。

「智仁様！　お怪我は大丈夫ですか⁉」

岩の陰に隠されていた夜目子が、とたとた走ってきた。手に葉っぱを持っている。

「痛み止めですわ。噛んでくださいませ」

おろおろと心配する夜目子を見て、智仁は首をかしげた。

「きみ……前にも薬をくれたお嬢さんかい？」

夜目子はびくんと飛び上がり、うつむいた。

「……はい、以前一度お会いしましたわ」

声が細く小さくなる。

「ありがとう、可愛い鼠のお嬢さん。また助けられたね」

そう言って、智仁は小さな手から小さな葉っぱを受け取った。それを口に入れてもしゃもしゃと嚙み、渋い顔をする。

「少し苦いかもしれませんが、楽になりますので……」

「はは、ありがとう」

「夜目子さん、そんな奴に近づいたら……」

友景が口を挟みかけたので、桜子は彼の口をぴしゃーんと押さえて黙らせた。そのまま押さえつけてじりじりと距離をとる。

「あの……智仁様……私……」

夜目子は思いつめたように言葉を零す。桜子はさっきまでと全く違う緊張感でドキドキし始めた。

「私……お会いできて、よかったですわ。智仁様が生きていてくださって、とても嬉しかった。どうか、ずっとお元気でいてください。二度とお会いすることはないでしょうけれど、私……智仁様のことはずっと忘れませんわ」

そう言うと、夜目子は目を細めて微笑んだ。

「……ありがとう。私もお嬢さんのことはずっと忘れないと思いますよ」

智仁も座ったまま優しく微笑んだ。

夜目子はしばらくその笑顔を見つめていたが、ぺこりとお辞儀して背を向けた。

「さようなら、智仁様」

別れを告げ、とてとてと歩き出す。

「夜目子さん、いいの？」

桜子は慌てて友景を放り捨て、夜目子に駆け寄った。

「いいのです。本当にありがとうございました、桜子様」

「だって……想いを告げるんじゃゃ……」

向こうに聞こえないよう声を低めて聞くと、夜目子は首を振った。

「これでいいのです。私は智仁様が生きていてくださっただけで嬉しいと分かりました。それだけでいいのだと思います」

「そんな……」

桜子は到底納得できなかった。けれど、夜目子の表情は清々《すがすが》しくて、桜子がこれ以上口を挟むことなどできそうにないのだった。

桜子が肩を落としていると、やにわに辺りを何かが取り囲む気配がして、さっと目を走らせると草木の間から白い鼠たちがわさわさと溢れ出てきた。

「まあ！　父上様！」

「夜目子、無事だったのだな」

先頭にいた夜目子の父、忠兵衛が小さな足で駆け寄り、娘の手をしかと握った。

「ごめんなさい、父上様。ですが、夜目子はいずれ父上様の跡を継ぐ身です。一人で行動できる力があるのだと、分かっていただきたかったのです。父上様、夜目子は社からここまで、一人で歩いてきたのですよ」

「……そうか、頑張ったのだな、夜目子や」

そう言うと、忠兵衛は智仁を見た。背後にいる鼠たちも、同じくいっせいに智仁を見た。小さな無数の目が光り、智仁を見据えた。そして彼らは同時に跪き、智仁に頭を下げた。

「全て見ておりました。八条宮智仁殿。我が娘を庇っていただき、心から感謝いたします。あなた様であれば、九尾の尾を悪用することなどありますまい。どうぞ、その秘宝を誰にも渡すことがありませぬよう……」

「……きみらが何者だか知らないが、私がこれを雪子に恥じる使い方をすることはないよ。そんなことをしようとしたら八つ裂きにしてくれ」

智仁はまだ足の立たぬまま、ひらりと手を振った。それを確かめ、鼠たちは音も立てずに草むらの中へと消えていった。

「さて……そろそろ起こしてくれないか」

智仁はため息まじりに言うと、桜子に向かって両手を伸ばしてくる。

桜子は口をへの字にして彼に手を伸ばし——しかしその手をぱしんとはたき落とされる。友景が仏頂面で桜子を押しのけ、智仁を乱暴に立たせた。

「おっと……」

智仁はよろめきながら踏ん張って、土のついた着物をはたいた。

「ところできみたち、何しにここへ？」

今更なことを聞いてくる。とはいえ、桜子の用件を夜目子のいない場所で勝手に言うことはできないし、友景に至っては智仁に用事があったわけでもないだろう。

「用が終わったなら帰りたまえ」

そう言うと、智仁は自分の別荘へと戻ってゆく。

「智仁様、困ったことがあったらまた、どうぞいつでもうちへ！」

桜子は彼の背にそう声をかける。

「私はまだきみを諦めたわけじゃないからね」

智仁は振り返って手を振り、別荘へと帰った。

静かになってしまった道の真ん中で、桜子はふうっと息をつく。

ちらと横を見ると、友景がきょろきょろ辺りを見回していた。

「どうしたの？」

「……先生がいない」

「え？　あ、本当だわ」

いつの間にか晴明がいなくなっている。そうはいっても、神出鬼没な人だから、いつどこで現れてもいなくなっても、さほど驚きはしなかった。

それより、桜子は衝撃的な一連の出来事の中で最も心を揺さぶられたことを思い出し、頭の中が興奮していた。

「景、私初めてお父様の姿を見たわ」

「え？　ああ……………うん、そうだな」

友景は変な間を挟みながら首肯する。

「お父様、とても美しい妖怪だった」

「そりゃあ美しいに決まってる」

「そうね、だけど……私の半分は人間だわ」

桜子は彼に初めてこのことを聞いてみようと今決めた。

「そうだな、お前の半分は人間だ」

「うん……私、あんたの理想の女の子にはなれないと思うわ。景は妖怪の方が好きなんでしょう？　なのにどうして……あんたは私のこと……」

「なんで好きなのかって？」

躊躇った桜子の代わりに友景はきっぱりと言葉にする。

「……そう、私って控えめに言っても妖怪としては中途半端なんじゃないかしら」

「……まあね」

「だからって！　今更やっぱり好みじゃないとか言われても困るの！　だって、もう祝言の日取りも決まっちゃったし、花嫁衣装だってできちゃうし……だから……私、あんたの好みに近づくように頑張ろうと思うのよ！」

「………わはははは！　何だそれ！」

友景は突如おかしな笑い声をあげた。必死で真面目に話していた桜子は馬鹿にされた気がして眉を寄せる。

「笑わないで」

「笑うだろ。どうしてそういう馬鹿なこと思いつくんだ。俺がお前を好きじゃないなんてあるわけないのに」

断言され、桜子はたちまちかーっと赤くなった。

「そういう……こと、平気で言うのやめてよ」

「俺は本当のこと言ってるだけだ」

「……半分は人間なのに？」

「人間の血が半分入ってるのに誰より危険な妖怪のお前だからいいんだ。お前が普通の妖怪だったら、俺はお前にここまで執着しなかっただろうな。俺はお前の人間の血も好きなんだ。あと、馬鹿で鈍感で負けず嫌いで可愛いところも好きだ。お前の全部は妖怪の血の上に成り立ってる。だから俺は、お前の全部が好きなんだ」

はっきり好きだと言われて桜子は飛び上がりそうになる。

「……わ、私も……あんたが剣を使ってるところ、好きよ」

「そりゃどうも」

「妖怪の世話してるところも結構好き」

「へえ、知らなかったな」

「妖怪みたいに吠えてるところ、カッコよくて好き」

「それは知ってるな」

「普通にしゃべってる声も意外と……好き」

「へえ？　そうなのか？」

「地味な顔も味があって悪くないと思う。好き」

「地味で悪かったな」

「陰陽術を使ってるところも好き！」

「まあ、お前よりは上手いからな」

「何で伝わらない！」

桜子はいきなり怒鳴った。

「うるせえな……何なんだ？」

「私は……あんたのことはたぶん……カッコいいところも、ダメなところも、ムカつくところも、ぐーたらしてるところも、頼もしいところも、わけわからないところも、あんたのことはたぶん全部好き！」

桜子は可愛らしさのかけらもない怒声で叫ぶように言った。

ぜーはー息をしていると、友景は目をまん丸くして固まっている。

「ああ……そう」

しばし固まった果てに、彼はそう零す。

「……もうちょっと何か言ってよ」

「いや……普通に恥ずかしいだろ」

目を逸らす彼の顔は少し赤い。桜子もつられて頬が上気する。

「言ってるこっちだって恥ずかしいのよ」

「言うのは別に平気だろ」

「私、あんたより繊細なんだと思うわ」

「その冗談はつまらんぞ」

「誰が冗談……」

桜子が拳を振り上げたところで、友景は急に桜子を抱き上げた。

「わっ！」

驚いてしがみつくと、友景は桜子を抱えたまま振り回した。

「照れるから顔見んな」

「……じゃあこっちも見ないで」

「ならこのまま帰るぞ」

言うなり友景は桜子を抱えたまま走り出した。風のように速く道を駆け抜け、景色はどんどん後ろへ流れてゆく。桜子は笑いながら友景の肩にしがみついた。

深夜、堂馬は怪我の手当てをしてくれた少年の家からそっと抜け出した。

傷はとっくに塞がって、痛みもない。こうやって、何百年も生きてきた。

「相変わらず子供に好かれる奴だ」

妖しい声が背後からかかり、振り向くと狩衣の男が立っていた。

「晴明……」

「いつまで続ける？　こんなことを……」

「衆生を救ったと確かめるまで」

「九尾の尾も失い、力はほとんど残っていないのだろう？」

「俺は力があるから人を救いたいわけじゃない。人を救うために力を得ただけだ。これからも同じことをしてゆくだけだ」

「ならば我らは敵同士だな」

「俺たちは最初から敵同士だっただろう？　お前がそれを隠していただけだ」

「私は今でもお前が好きだよ」

「俺はこの世の誰よりお前が嫌いだ」

「ならば戦い続けよう。どちらかが滅ぶまで……」

晴明はそう言うと、優雅に身を翻して姿を消した。

その姿を見送り、堂馬は夜の中に足を踏み出した。


同じ夜——疲れ切った桜子は自分の部屋でぐっすりと眠っていた。

眠る桜子の髪に、優しく触れる手があった。

「こんばんは」

友景は桜子の髪を撫でている人物に向かって囁くように声をかけた。

振り返ったのは、今にも消えそうな何の力もない女の死霊だった。

「桜子を、ずっと見ていましたね」

友景が尋ねると、女は小首をかしげた。

「私に気づいていたのですか？」

「気づいてましたよ、雪子殿」

名を呼ぶと、女——雪子はふわりと笑った。

「少し話をいいですか？」

友景が外に誘うと、雪子は名残惜しそうに桜子を見下ろして立ち上がった。

秋月に照らされた夜の庭で、友景は彼女と対峙《たいじ》する。

「一つだけ……教えてほしいことがあります」

「何でしょう？」

これはおそらく……桜子に聞かせない方がいいことだ。

「智仁親王は、秘宝を絶対に渡せないと言っていた。それは何故ですか？」

「あれはあの方の心臓です。渡せば死んでしまいます」

「いいや、あの男は死んでも渡せないと言っていた。桜子にも幸徳井家にも絶対に渡せないと……何か理由があるはずだ。あの男は何か隠していた」

それをどうしても知っておきたい。それはたぶん、桜子の安全にかかわる。

雪子は優しい瞳で友景をじっと見つめ、淡く微笑んだ。

「この家には多くの女神が集っています。弁才天様、吉祥天様、宇迦之御魂神様……そして女媧《じょか》様。みな、九尾の妖狐の娘を見張るために集まっています。いい人たちなのです」

「そうですね、癖はありますがいい人たちだと思いますよ」

「ええ、女神たちは九尾の妖狐の娘が七尾で生まれたと知って、言ったのです。秘宝を桜子に与えよう……と」

「何のために？」

「九尾の一本を七尾に与えれば、八尾になります。そして九尾は、どれだけ尾を集めても八尾にしかなれない。女神たちは、父親に釣り合うだけの強い力を桜子に与えようとしたのです」

その先を想像し、友景はひやりとした。

「……何のために？」

「女神たちは、成長した桜子に父親を殺させようと考えていました。私はそれを、絶対にさせたくありませんでした」

「……桜子を妖怪として覚醒させようとしていたんですか？　そんなことをしたら、桜子が人喰い妖怪になってしまう」

「ええ、それで構わないと神は考えたのです。人喰い妖怪が一匹増えただけ……人喰い妖怪などこの世にはいくらでも存在するし、人は一日千人死んだところで千五百人生まれる……神はそう考えます」

雪子は静かに語る。

「ですが九尾の妖狐は違う。あの方は憎悪と意志をもってこの国を滅ぼそうとしていました。神にとってはそれを滅する方がよほど大事だったのだと思います。だから桜子を八尾の妖狐にしようとした。ですが勘違いしないでほしいのです。女神たちは桜子を愛している。たとえ人喰い妖怪になっても愛しているのです」

女神たちに悪意はない。神はいつでも公平で、慈悲深く、残酷なのだ。

「でも雪子殿は、それが嫌だったんですね」

「ええ、だから私は智仁様に秘宝を託しました。命を繋ぐ代わりに秘宝を隠してほしいと頼みました。そして私の願い通り、女神たちの計画は頓挫した。今の女神たちは、桜子が人間の領域に留まることを望んでいます」

「ぜんぶ桜子とお義父様のためだったんですね」

友景が問いかけると、雪子は遠い場所に思いを馳せるような目になった。

「……旦那様はいつも飢えていらっしゃった」

雪子は神妙な面持ちでそう言い、かすかに頬を染めた。

「旦那様が飢えていたのは、孤独だったからです。お腹が空くのは寂しいからです。私と一緒にいる時、旦那様は飢えなかった。雪子さんといる時はお腹が空かないと言ってくれて……優しく愛してくださった」

なんだか急に惚気られた。

「けれど私は人間で、それほど長くは生きられません。もともと体も弱かったですし……。だから、あの人が寂しくないように桜子を産んだのです。だけど……私は桜子を人喰い妖怪にしたくはなかったし、旦那様を殺させたくもなかった。だから……桜子を人間として育ててくださいと幸徳井のお父様にお願いしたのです。私は旦那様に桜子をあげなかった。そして、自分が長く生きることも放棄した。私は……旦那様を裏切ってしまったのだと思います」

「……そんなことは……ないのでは？　お義父様は桜子の傍にいるし、桜子を可愛がっています。お義父様は桜子を妖怪として覚醒させて連れて行こうとしているみたいですが、それは俺がさせませんし……現状、特に問題はないのでは？」

友景は拳を顎に当てて考える。今の状態を維持するのが、自分の存在意義だろう。それはとても難しく、骨の折れることに違いない。

「俺は桜子が好きですし、お義父様のことも好きなので、頑張りますよ」

「まあ……私も桜子と旦那様が大好きなのです。私たち、気が合いますね」

雪子は花が咲くようにぱあっと笑みを浮かべた。

「……お義父様に会いに行かないんですか？」

「それは無理です。私の力は弱すぎて、旦那様に近づけば消し飛んでしまいます。だからただ、見ているだけ。私の代わりにどうか桜子を守ってくださいね。あの子がいつも笑っていられるように」

「……桜子は俺の前だとよく怒ってますけどね」

「まあ……旦那様はいつも私を笑わせてくださいましたよ。雪子さんは笑っている顔が一番可愛いとおっしゃって」

雪子は嬉しそうに両手で自分の頬を押さえた。

「はあ……そうですか」

だから何故惚気る。

「ですからどうか、桜子を笑わせてあげてくださいね」

「……精進します」

「それから最後に一つお願いが……私を母と呼んでくださいませんか？」

ちょっと照れたように頼まれ、友景は居住まいを正して言った。

「……桜子のことは任せてください、お義母様《かあさま》」

「うふふ、お願いしますね」

雪子は嬉しそうに微笑むと、すうっと姿が薄くなり……消えてしまった。

終　章

桜子と友景の祝言は、福鼠の社で行われた。

荘厳な社の一室に、その花嫁衣装は用意されていた。

鮮やかな深紅の衣に、豪奢な花模様が描かれ、金銀の糸で刺繡《ししゅう》が施されている。

福鼠たちの手でそれを着付けられ、桜子はまじまじと自分を見た。

「綺麗な衣……」

思わず呟く。

堂馬と別れた後、桜子はようやく本格的に花嫁衣装の仕上げをすることができて、完成した衣装を見たのは今日が初めてだった。

「都中の妖怪が社に集まっておりますわ」

夜目子が足元で言った。大きな花飾りを抱えていて、ちょっとよろめいている。それでもせっせと桜子の体に上り、頭に花飾りを付けた。花飾りは後から後から追加され、中ほどで一つに結っていた桜子の黒髪を彩った。

「お美しいですわ、桜子様」

肩に乗った夜目子が目に涙を浮かべて言う。

「どうも……ありがとう」

真っすぐ褒められるとちょっと恥ずかしい。

「友景様にも見ていただきましょう」

福鼠たちがいそいそと隣の部屋の襖を開けたので、桜子はドキッとした。そして開かれた襖の向こうで待っていた花婿を見て……愕然とする。

友景は……たぶん待ちくたびれてしまったのだろう。ごろりと横になり、手枕で寝ているではないか。

「か……景！」

唖然としている福鼠たちの中、桜子は叫んだ。

「ああ……やっと終わったのか」

友景はその怒声で目を覚まし、のっそりと起き上がって胡坐をかいた。

「こんな日にどうしてそんな呑気にしてられるのよ！」

桜子はぷんすか怒って拳を振った。

そんな桜子を、友景はまじまじと見上げ、にこにこと笑い出した。

「綺麗だな、桜子」

「まあ！　友景様ったら」

何故か夜目子が嬉しそうな反応をする。

桜子はにやけるのを我慢するのが精いっぱいで、変な顔になってしまう。

友景は心底上機嫌で桜子を見上げている。

「よく似合うよ。妖怪の血で染めたおどろおどろしい色合いがお前にぴったりだ」

更に褒められ、桜子はぴしりと固まった。

それは……褒めているのか？　確かにこの花嫁衣装は妖怪たちの血で染めたという特別なものだと聞いたけれど……なんだか褒められている気がしないのは何故なのか……

「本当にお前は綺麗だなあ」

更に更に褒められて——桜子はとうとうにやけた。どんな言葉だって、褒められれば嬉しいものは嬉しい。

「そういうあんたも似合ってるわよ」

友景が着ているのは漆黒の素襖《すおう》に似た着物だったが、ところどころについている飾り紐《ひも》や模様はあまり見たことがないものだ。

「俺のことはいいよ」

「よく、ない。一生に一度なんだから、見せてよ」

「……俺の見てくれに良いところなんかないぞ」

友景は不承不承といった感じで立ち上がった。

桜子はなんだか照れくさい気持ちで、その姿を上から下まで眺める。

「カッコいいわよ」

「何言ってやがる」

友景も照れくさくなったのか、ぷいっとそっぽを向いた。

「さあさあ、花嫁様、花婿様。祝言の支度が整いましたよ。こちらへどうぞ」

背筋の伸びた福鼠が入ってきて、二人を促す。夜目子も桜子の肩から降り、キラキラとした瞳で送り出す態勢になる。

「よし、行きましょう」

桜子は合戦に挑むような心地で拳を固めると、威勢よく先に部屋から出て行こうとする。後からついてきた友景が、部屋を出る間際に桜子の肩を抱き寄せた。

「わ、何？」

驚いて振り返ると、友景は顔を寄せて桜子の唇に口づけてきた。唇を塞がれ、三つ数えるうちに解放される。

桜子はあんまりびっくりして、腰が抜けそうになった。

「おっと、危ない」

友景は慌てて桜子を支えた。

「な、な、な……！」

「……やっぱり照れるな」

真っ赤になって今にも爆発しそうな桜子と同じく、友景もうっすら赤くなって自分の口元を押さえている。

「別に……こんなの恥ずかしくなんかないけど？」

桜子の負けず嫌いが出た。友景は疑《うたぐ》るような目つきをし、桜子の手を取る。

「言ったな？　逃げるなよ？」

「う、受けて立つわよ」

桜子は友景の手を握り返した。

友景は桜子の手を引いて部屋から出てゆく。繋いだ手はどちらも緊張していて冷たかった。

社の神殿の戸が開く。眩く明かりをともされた神殿に通されると、そこには京に巣くう妖怪たちが溢れかえっていた。やんややんやと大騒ぎし、歌い、踊り、飲み、食べる。みな楽しそうに大騒ぎしているのだった。

その中で、おじい様が泣いている。先生も妖怪に囲まれて何やら愉快そうにしている。神殿の遥か上の方から、よく知った女神様たちの気配がする。

桜子は呆気にとられてその光景を眺める。想像していた祝言とは全然違った。厳かなはずの神殿は、まるで花見の宴《うたげ》のようだ。

あまりの騒ぎに、桜子は笑い出してしまう。

友景も、大好きな妖怪たちが集まるのを見て目を輝かせた。

「おめでとうございます、桜子お嬢様！」

「やあ、めでたい！」

「我ら一同お祝い申し上げます」

「神にも魔にも愛されたお方のお嬢様……どうか末永くお幸せに」

酒を飲んでいい気分の妖怪たちが、次々に祝いを述べる。

桜子はにやりと笑って一同を見返した。

「馴《な》れ馴《な》れしく近づくんじゃないよ。私に触って怪我しないのは、私の婿殿だけなんだからね」

これよりしばらく後、八条宮智仁の別荘は完成した。

桜子と友景はしばしばその別荘を訪れ、その美しい景観を楽しむことになる。

後世まで残るその別荘は桂離宮と名付けられ、その美しさを世に誇った。